珈琲店タレーランの事件簿 7
悲しみの底に角砂糖を沈めて

岡崎琢磨

宝島社
文庫

珈琲店タレーランの事件簿7

悲しみの底に角砂糖を沈めて

珈琲店タレーランの事件簿 7
悲しみの底に角砂糖を沈めて

目次

「そこの角を曲がると、空に虹が架かっている。
だからコーヒーをもう一杯飲もうよ、
そしてパイをもう一切れ食べよう。」

Irving Berlin "Let's Have Another Cup of Coffee"

ビブリオバトル
の波乱

※この物語は二〇二〇年一月に開催された全国高等学校ビブリオバトル決勝大会で実際に起きた出来事を元にしたフィクションです。出場された高校生の皆さんを疑う意図は作者にありませんことを、あらかじめご了承ください。

——あなたのせいで、あたしは負けたんです。

彼女の悲痛な訴えが、わたしの耳にこびりついて離れない。

1

「ごめんね。こんなことに付き合わせちゃって」

わたしが謝ると、恋人の枡野和将はごく軽い調子で答えた。

「気にすんなって。実希にとって、重要なことなんだろ」

弱気な心に、温かい言葉が沁みる。わたしはテーブルの端に立てかけてあるメニューを手に取って広げ、うまく保てない表情を隠した。

ここは京都市中京区にある、純喫茶タレーランというお店。窓際のテーブル席で、わたしは和将と向かい合って座っている。店内は和将がかけている眼鏡を曇らせるほどに暖房が効いており、控えめなボリュームでジャズミュージックが流れているのも心地よく、わたしは強張った体をほんの少し緩められた。

普段は東京で新聞社に勤めているわたしがなぜ京都にいるかというと、週末を利用して和将と旅行に来たからだ。ただし、観光に疲れてふらりと立ち寄るにはやや不向きな立地の、町家の背後に隠れたこんな喫茶店にわざわざ足を向けたのは、約束があったためである。

計画を立て始めた段階では、楽しいだけの旅行になるはずだった。そこに偶然加わったひとつの用事は、いまも緑がかった窓ガラス越しに見えている冬の曇り空さながらに、わたしの心を暗く重くしていた。

白シャツに黒のパンツに紺のエプロンという出で立ちの、ボブカットのかわいらしい女性店員がやってきて、わたしと和将はコーヒーを注文した。店内にほかの客はなく、店員も現在は彼女ひとりのようで、ただフロアの片隅の古めかしい椅子の上ではシャム猫が背中を丸めてすやすや眠っている。

「それで、約束は十六時なんだっけ。まだ、三十分近くあるけど」

和将が腕時計を見ながら言う。

「呼び出しといて、遅刻するわけにはいかないからね」

「そりゃそうだ。早めに着くに越したことはない」

「時間が近づいたら、あなたは席を移動してね」

わかってるって、と和将は安請け合いの様相だ。

「それにしても、大変だね。スタッフとして関わった大会に出場した高校生に、謝罪をしなきゃならないなんて」

わたしはあごを引き、テーブルの上の何もない一点を見つめる。

　彼女のほうから、謝罪を要求してきたわけではない。あくまでもわたしが望んだことなのだから、大変だなんて言ってはいけない。わたしから連絡し、会う約束を取りつけ、まだ高校生の彼女に心当たりのお店がないことを知ると、彼女の自宅からそう遠くない場所にある喫茶店を探して指定した。そこまで手配することも、示すべき誠意のうちだろう。

「わたしが悪かったの。生半可な気持ちで携わるべきじゃなかった。出場した高校生にとっては、とても大事な大会だったのに」

「思いつめすぎじゃないか。あまりいいことだとは思えない」

「あなたは大会を見ていないから、そんなことが言えるんだよ」

「本当に悪いのは、きみじゃなくていたずらをした犯人だろう」

「車に小銭を置いておくと、車上荒らしに遭う確率が増すと言うでしょう。たとえ悪意ある誰かがいたずらをしたんだとしても、それを招いたのはわたし」

　和将は不満げに口をつぐむ。特別区職員の彼とは、わたしがまだ駆け出しの記者だったころに、取材を通じて知り合った。いまは区役所に勤めているが、学生時代は法学を修めたと聞いている。彼なりに思うところはありつつも、わたしの頑(かたく)なな一面を知っているだけに、言い争う気にはなれなかったのだろう。

「……せめて犯人がわかっていれば、きみひとりが責任を負うことはなかったのになあ」

「仕方ないよ。ほかでもないあの子に、調査を中止させられたんだから」

「だけど、どうもすっきりしないじゃないか。そもそも僕は、きみが未成年者の罪を被(かぶ)ることを美徳だととらえているのなら、真っ向から異議を唱えたいけどね。それはさておくとしても、どういう事情でトラブルが起きたのかが把握できなければ、再発防止に努めることも叶(かな)わない。その点について、ほかのスタッフはそろいもそろって手を拱(こまね)いているのかい」

「別に、再発を防止するのは難しくないから……わたしを含めスタッフはみんな、納得と呼ぶには程遠い状態だとは思うけど」

　わたしも煮え切らないのだと見て、和将は身を乗り出した。

「もう一度、一緒に考えてみないか。どうしてこんなことが起きたのか。いったい誰がやったのか」

「でも、もうすぐあの子が来ちゃうから……」

「まだ時間はある。その子に謝ってしまえば、すべては方がついてしまう。これが最後のチャンスなんだ。きみが、きみ自身を納得させるための」

　彼の熱弁に、心を動かされたわけではなかった。ただ、どのみち彼女が来るまでは所在ないし、もちろんわたしにも真相を知りたいという思いはある。それに、ありがたさよりはわずらわしさのほうが勝ってはいたけれど、これが彼なりの優しさであることも、わたしはちゃんと理解していた。

「わかった。じゃあ、あらためて一から話してみるね」

わたしが言うと、彼は表情を引き締める。いまさら話を蒸し返すのはひどく場当たり的で滑稽だけれど、わたしの役に立ちたいという姿勢に嘘偽りはないのだろう。彼のそういう計算高くないところが、わたしは決して嫌いではなかった。

店員がコーヒー豆を挽く、コリコリという音が聞こえる。わたしは三週間前の大会で起きた、不思議な事件へと思いを馳せた。

2

新卒で読裏新聞社に勤め始めて、もう間もなく丸三年になる。

最初の二年は新人記者として、取材や執筆のイロハを叩き込まれた。異動を言い渡されたのは、年度が替わった昨年の四月のことだ。

「徳山、おまえ本読むの好きだったよな」

上司のそんな一言とともに示された新たな配属先は、東京本社内にある活字推進委員会なる部署だった。本や新聞といった活字文化を守るとともに、そのさらなる活性化に努めるべく発足した委員会だそうで、わたしはその事務局の局員として、出版社との連携やイベントの調整などあらゆる業務を引き受けることになった。激務に追われた記者時代とは打って変わって安穏とした部署の空気に、初めこそ戸惑ったものの、慣れてくると読書好きなわたしにとっては天職だと感じるようにもなった。

その活字推進委員会が主催しているのが、全国高校ビブリオバトルという大会である。

ビブリオバトルとは、一言で言えば本のプレゼンの競技大会である。出場者は自分で読んで面白いと思った本を持ち寄り、五分の持ち時間の中でその本がいかにすばらしいかをプレゼンする。その後、数分間の質疑応答やディスカッションを経て発表は終了、次の出場者のターンとなる。すべての出場者がプレゼンを終えると、会場にいる参加者は、「どの本が一番読みたくなったか」を基準に一冊選んで投票する。もっとも多くの票を集めた本が、そのバトルのチャンプ本となる。

全国高校ビブリオバトルの出場条件はただひとつ、出場者が高校生であること。まず全国四十七都道府県で大会をおこない、見事チャンプ本に選ばれた書籍を紹介した高校生が決勝大会へと駒を進める。わたしは東京都大会に引き続き、今年一月に東京で開催された決勝大会においてもスタッフとして運営に携わることとなった。

決勝大会に出場する高校生は、四十七都道府県の代表各一名に、人口が多い関係で東京都からもうひとり選出された代表者を含めた全四十八名。まずAからHまで六人ずつ八つのグループに分かれて予選がおこなわれ、勝ち上がった八名で決勝戦が争われる。

第一回大会が四年前と歴史はまだ浅いが、多くの部活動の全国大会がそうであるように、全国高校ビブリオバトルもまた、本好きの高校生たちにとって青春を彩る大会になりつつあるという自負が、委員会内にはあった。そんな大会に初めて関わることになったわたしは、不慣れから決勝大会前日までさまざまな準備や確認事項に忙殺され、睡眠時間さえまともに取れないありさまだった。優先順位が低いことは後回しにし、決勝戦のプレゼンの順番を決めるくじを作り忘れていることに気がついたのは、大会当日の朝だった。

幸いにして、くじを作るのに必要な道具は自宅にそろえてあった。それらをまとめて、大きな立方体の段ボール箱の上部に円い穴を開けただけの抽選箱の中に入れ、脇に抱えて会場入りしたわたしの姿を見て、活字推進委員会事務局の相田局長が苦笑した。

「大丈夫かぁ、徳山。そんな大荷物抱えて」
「すいません、昨日のうちに用意しておけばよかったんですけど、間に合わなくて」
「寝てないいんじゃないか。ふらついてるし、化粧のノリも悪いみたいだぞ」

「局長、それセクハラですよ」

コンプライアンスの特に厳しい新聞社にあっては昨今、セクハラの一言はハサミよりも鋭利だ。局長は肩をすくめるが、二回りも歳上の男性上司に気兼ねなく反撃できるあたり、うちの部署の風通しは悪くない。

「この大会が終わったら、心置きなく眠らせてもらいます」

「それがいい。今日一日は辛抱してくれ。出場する高校生たちにとっては、努力して勝ち上がってきた大事な大会なんだからな。運営するわれわれのミスで台なしになるようなことがあってはならないと、しっかり胸に刻んでおいてほしい」

普段は飄々（ひょうひょう）としている局長が、めずらしく熱を込めて語った言葉だったにもかかわらず、このときは軽く聞き流してしまったことを、わたしはその日のうちに後悔する羽目になる。

決勝大会の会場は大手町（おおてまち）にある読裏新聞社所有のホールで、正午より開会式がおこなわれた。大ホールには出場者の保護者らを含む観客や、プレゼンされる本の版元を中心とした関係者が多く詰めかけている。本の虫で知られるお笑い芸人の男性が司会を務め、まずは出場する高校生たちがホールの外から入場した。ひとりずつ学校名と氏名を呼ばれ、ステージ正面に用意された各々の席まで進み出て着席する。

「いいですねぇ、この晴れやかな表情と、緊張して硬くなってる感じ。初々しくて素敵です」

　わたしは隣に並んで客席をのぞき見る局長にささやく。ステージの下手側の袖には広々としたスペースがあり、ここに長机を並べてスタッフの本部としていた。

「徳山だって、あの子たちとそういくつも変わらんだろう」

「全然違いますよ、わたしももう四捨五入すれば三十ですもん。嫌なものですね、歳を取るというのは」

「おまえにそれを言われたら、おれは立つ瀬がないよ」

　わが社のお偉いさんによる開会宣言のあとで、大会のルールが詳しく説明される。予選の会場はこの大ホールと三つの小ホールの計四ヶ所。あらかじめ八つのグループに割り振られた出場者たちは各会場に移動し、ひとつの会場につき前半と後半で二ブロックの予選がおこなわれる。つまり同時に四ブロックずつ別会場で予選が進行するので、観客も目当てのブロックを選んでその会場に入り、投票に参加する。各ブロックごとに全員のプレゼンを見てからでないと投票することはできないため、途中入室は原則禁止だ。

　開会式が終了し、スタッフもめいめい担当する予選会場に散る。わたしは大ホールに控えているようにとの指示を受けていた。大ホールでは最初にAブロック、続いてBブロックの予選が開かれる。

さっそくAブロックの出場者たちが本部に集まってきた。男女ともに三人ずつ、あからさまにそわそわしている生徒もいれば落ち着き払って見える生徒もいるなど、本番前の態度は千差万別だ。ちなみにもうひとつのブロックの生徒たちは客席に座って予選を観覧し、質疑応答や投票に参加することになっている。

ひとりめの出場者の女子が、プレゼンする本を手にステージ中央の演台の前へと歩み出る。プレゼンは出場者の好きなタイミングで始めてよく、語り出すと同時にステージ正面のスクリーンに映し出されたストップウォッチが作動する。五分経つと音が鳴り、プレゼンが強制終了となる仕組みだ。

トップバッターの重圧か、彼女が送り出した第一声は震えて聞こえた。プレゼンが始まるとわたしは、本部の長机の一部を陣取り、決勝戦のプレゼンの順番を決めるくじの作成に取りかかった。

用意したのは、十センチメートル四方の白いメモ用紙の束と、一桁の数字のスタンプ八個、黒のスタンプ台。メモ用紙を一枚ちぎって、中央に1のスタンプを捺し、四つ折りにして抽選箱に入れる。これを8まで八枚作れば終わりの、至って簡単な作業だ。急げば五分もかからない。

けれども高校生たちのプレゼンは、都大会を観覧したわたしの期待をはるかに上回るほど質が高く、わたしは何度もくじを作る手を止めて見入ることとなった。彼らは持ち時間を存分に活かし、内容をよく練っていることは言うに及ばず、アナウンサー顔負けの美しい発声と抑揚に適宜身振り手振りを加え、しかも五分間ぴったりで終えるなど、この日のためにたくさん練習を積んできたことがひしひしと伝わってきた。とても見応えがあり、どの本も負けず劣らず読んでみたくなる。

中でも特に印象に残ったのは、三番手に出てきた女子だった。

京都府代表、榎本純さん。すらりと背が高く、長い黒髪を白のバレッタでまとめている。一年生ながら大人びた雰囲気で、ブレザーよりスーツが似合いそうに感じられた。

ステージ中央に立った彼女が胸に手を当てて深呼吸をすると、それだけで会場の空気が引き締まった気がした。それから語り出した彼女の声は、張り上げるようでもないのに広い会場の隅々まで響き渡った。

「みなさんは、数について考えたことがありますか――」

彼女が紹介するのは、アメリカの数学者が著した『数のふしぎ』という本である。数字にまつわるさまざまな雑学を取り上げた本で、彼女は具体的なエピソードを披露しながら、聴衆をどんどん引き込んでいく。

「たとえば、あたしはこの予選で三番めにプレゼンすることになりました。3という数字には、こんな不思議な性質があります――」

予選の発表順は事前に決められ、出場者にも通告されていた。彼女はそれさえも取り込み、プレゼンの内容を充実させてきたわけだ。

最後まで一瞬たりとも飽きさせることなく、わずか二秒を残して榎本さんはプレゼンを終えた。いかにもプレゼン巧者という振る舞いではなく、ところどころ高校生らしい緊張も見え隠れしていたにもかかわらず、不思議とうまいと感じさせ、何よりもその本を読んでみたいと強く思わせるプレゼンだった。

質疑応答の時間に移り、会場からいくつかの質問が飛んでも、榎本さんはそつなく回答した。ユーモアがあったり、気の利いたことを言ったりするわけではなかったが、都度考えて誠実に答える様子は観客の印象をさらによくしたはずだ。

繰り返しになるが、ビブリオバトルの投票の基準はプレゼンが達者であるかどうかではなく、あくまでもその本を読みたくなったかどうかだ。けれども榎本さんのプレゼンを見終えた時点で、わたしは彼女が勝ち上がるだろう、と直感した。レベルが高い予選において、それでも本の魅力とプレゼンのすばらしさが見事に嚙み合い、彼女が頭ひとつ抜け出したように思えた。

出場者のプレゼンは進み、わたしは無事に八枚のくじを作り終えた。やがてAブロックのプレゼンがすべて終了し、観客による投票が始まる。入場する際に受け取った投票用紙に投票する出場者の番号を記し、それを会場にいる回収係のスタッフに渡す仕組みだ。別のスタッフが投票用紙を素早く回収して戻ってくるのを、わたしは本部にいながらながめていた。

　Ｂブロックの予選開始まで、二十分の休憩になる。この間に出場者が入れ替わり、観客も次のお目当てのブロックの予選会場へと移動する。その休憩時間が始まると同時に、スーツのパンツのポケットに入れていたわたしのスマートフォンが振動した。

『徳山、そっちはもう終わったか』

　相田局長である。

「はい、終わりました」

『小ホール①に観客が押し寄せ、椅子が足りなくなりそうらしい。確か、本部にパイプ椅子あったよな』

　スマホを耳に当てたまま、わたしはあたりを見回す。隅にパイプ椅子が数十脚、畳んで立てかけられているのを見つけた。

「ありました、パイプ椅子」

『それ、小ホール①まで運んでくれないか。十脚あればいい』

「わかりました。わたし、そのままそっちにいたほうがいいですか」

『いや、運び終わったら本部に戻っていいよ』

　電話を切る。一度に運ぶのは難しかったので、半分の五脚を持って小ホール①へ向かった。会場にいるスタッフに手伝ってもらって椅子を並べ、もう一往復して十脚を運び終える。

本部に戻ると、すでにBブロックの出場者が集まってきていた。浮き足立つ彼らの合間を縫って元いた席に座ろうとしたら、抽選箱の前に榎本さんの姿があった。

「お疲れさま。プレゼン、すごくよかったよ」

声をかける。振り返った榎本さんは、どこか浮かない顔をしていた。

「ありがとうございます。あの、これもしかして、決勝戦のプレゼンの順番決めで使う抽選箱ですか」

「そう、よくわかったね」決勝戦のプレゼンの順番がくじ引きで決められることは、あらかじめ出場者に通達してあった。「それがどうかした?」

「こんなところに置いておいて大丈夫なんですか。ちょっと、無防備すぎるんじゃないのかなって」

驚いた。彼女は不正を警戒しているのだ。いくら何でも神経質すぎやしないかと思ったが、直後には考え直した。高校生にとっては、それほど思い入れの強い大会なのだ。少しの不正も許されない、徹底して排除すべきだとする気持ちはわかる。

「ごめん、そうだよね。ちゃんと管理するようにします。ご忠告ありがとう」

わたしは抽選箱を抱えて、別のスタッフが常駐している、本部の奥のパーテーションで区切られたスペースに移動させた。投票用紙を保管する関係で出場者が近づくことを禁じているため、ここに置いておけば不正はまず起こりえない。

榎本さんは安心した様子で本部を出ていった。それからほとんど間をおかず、Bブロックの予選が始まった。

Bブロックも滞りなく進行し、全ブロックの予選が終わって一時間の昼休憩を迎えた。しかし、スタッフであるわたしたちに休息はない。

本部にいるBブロックの生徒たちを追い出すと、まずは予選の集計が始まった。決勝に進んだことを出場者が知るタイミングに差があると不公平感が生じるので、集計そのものをこの時間まで待つのだ。わたしは自分が観覧したAブロックの集計をおこない、予想どおり榎本さんが勝ち上がったことをみずからの目で確かめた。

続いて昼休憩後に大ホールでおこなわれる、人気作家によるトークイベントのステージ設営に取りかかる。別のスタッフと協力し、テーブルと椅子を並べたり、ペットボトルの水を用意したりする。もともと告知されていた作家のほかに、著作がプレゼンされると知って観覧に訪れていた作家が三名、トークイベントに登壇してくれることになった。それぞれの作家の名前を記した紙を、テーブルの前に貼りつける。

実はもうひとり、男性作家が会場に来ていることを把握していた。けれども彼の著作をプレゼンした出場者は予選を勝ち上がり、このあと決勝戦に出ることになっていた。著者が会場にいることが知れれば、その本を紹介する生徒は動揺するだろうし、観客にもバイアスがかかるおそれがある。よってトークイベントへは登壇せず、著作がチャンプ本に輝いたあかつきには表彰式で登壇してくれるよう要請してあった。

昼休憩が終わり、出場者たちが全員大ホールに着席すると、トークイベントが始まる。初めて目にするであろうプロの作家の姿に、高校生たちはいちように目を輝かせていた。作家の話は活字文化を広める役割を担うわたしたちにとっても考えさせられる内容が多く、イベントは成功したと言っていい。

イベント後はシームレスに決勝戦へと移行する。まずは司会の芸人が、Aブロックから順に予選を勝ち上がった出場者の名前を読み上げる。名前を呼ばれた出場者は席を立ち、ステージへ上がる段取りだ。

最初に榎本純さんの名前が呼ばれると、会場には拍手が沸き起こった。榎本さんは片手に本を持ち、緊張からか空いたほうの手をぐっと握りしめている。続いて呼ばれたのはこちらもわたしが予選を見届けたBブロックの勝者、岩手県代表の板垣愛美(いたがきまなみ)さん。トークイベントに登壇しなかった男性作家が書いたのは、彼女が紹介した本だ。さらにほかのブロックの生徒の名も呼ばれ、ステージ上に八名の決勝進出者が勢ぞろいした。男子が三名、女子が五名。勝ち上がったことが信じられないというように口を押さえている女子、懸命に笑みを噛み殺している男子、よほど自信があったのか完全に無表情の女子など、人によって反応がまったく違うのが見ていておもしろい。

「プレゼンの順番はくじ引きで決定いたします。それでは抽選箱、お願いします！」

司会者に呼び込まれ、わたしは抽選箱を抱えてステージの袖から歩み出た。榎本さんからブロックのアルファベット順に、抽選箱の中に手を入れて一枚ずつくじを引いていってもらう。

「出場者の皆さん、まだくじは見ないでくださいねー。あとで同時に開きましょう」

こうした間をきちんとつないでくれるあたりが、さすがはプロの芸人さんである。

残り二人になった時点で一度、箱の中にちゃんと二枚のくじが残っていることを目視で確かめた。八人全員がくじを引き終わり、わたしは箱を抱えたままステージ袖へとはける。

「さぁ、では皆さんいっせいにくじを開いてください！」

司会者の一言で、出場者たちはくじを開いて自分の引いた数字を確認した。その数字を、客席に向かって示す。

直後、客席でざわめきが起きたとき、わたしはまだ何が起きたのかわかっていなかった。

「おっと……これはいったい、どういうことでしょうか」

思わず素の部分を出してしまったかのように、司会者が困惑の言葉を漏らす。

何か、くじ引きでトラブルが発生したようだ。思わずステージに進み出たわたしは、目の当たりにした光景に愕然とした。その隣の板垣さんが「1」。

一番手前の榎本さんは、「6」と書かれたくじを持っていた。

そこまではよかった。だが、そこから先が明らかにおかしい。

「ええと……。3のくじと4のくじが二枚ずつあったのかな」

司会者の言うとおりだった。1、2、5、6を引いた出場者が一名ずついるのに対し、3と4を引いた出場者は各二名いた。あるはずの7と8のくじがなく、代わりに存在しないはずの二枚めの3と4があるのだ。

「そんな！」

わたしは叫び、ただちに抽選箱を確認した。しかし当然、中は空で、7と8のくじが残っているというようなことはない。

相田局長が寄ってきて、わたしの耳元でささやいた。

「徳山、おまえしくじったな」

「わたし、ちゃんと7と8のくじも作りましたよ！　それに、3と4が二枚あるだなんて、何が何だか……」

「まあ落ち着け。くじなんて、順番が決まりさえすればそれでいいんだ」

局長になぐさめられても、わたしの混乱は収まらなかった。

ステージ上では出場者たちが当惑気味に、それでもくじに書かれた数字の順に並び直す。一番下手側が1を引いた板垣さん。二番は何の争いもなく、肝心の3と4も当事者どうしで譲り合うようにして並び、もめることはなかった。一番右端が6を引いた榎本さんである。

「決勝戦のプレゼンは、このような順番となりました！　それでは出場者の皆さん、熱戦を期待しております！」

司会者が高らかに宣言し、出場者たちがステージの袖へと移動する。少し間をおいて、板垣さんが恐る恐るといった感じで演台の前へと進み、決勝戦が始まった。

わたしは依然、頭の中に多くの疑問符を浮かべていたものの、あんなトラブルのあとでも堂々とプレゼンする高校生たちを見ているうちに、少しずつ冷静さを取り戻していった。相田局長の言うとおり、順番さえ決まれば問題はないのだ。そして実際、スムーズに決まった。何が起きたのかは不明だし、スタッフ側に手落ちがあったことは否定できないとはいえ、大会運営に重大な支障をきたしたとも思えない。

決勝戦はあっという間に進み、ついに大トリの榎本純さんが登壇した。

スタッフという立場にありながら特定の生徒に肩入れするのはよくないのだろうが、それでもわたしは彼女に期待していた。予選を見た限り、彼女がチャンプ本の栄冠を手にする可能性は低くないと踏んでいたからだ。

ところがプレゼンが始まるとすぐ、わたしは榎本さんの異変に気がついた。明らかに、予選に比べて落ち着きがない。目線は定まらず、声は硬くてやや聞き取りづらく、急に早口になったり、反対につかえたりする。見ているこちらがハラハラするほどで、結局時間を二十秒も余らせて、強引に切り上げるような形でプレゼンを終わらせてしまった。

予選とはまるで別人のようだった。これも、決勝戦の重圧なのだろうか。あるいは予選を勝ち上がったことで、緊張の糸が切れてしまったのかもしれない。わたしは気の毒に思い、ステージ袖にはけた彼女がいまにも泣きそうな顔をしているのを見ても、何と声をかけていいかわからなかった。

決勝戦の投票は、観客全員に配られたうちわでおこなわれた。投票したいと思った本のタイトルが呼ばれたら、うちわを持ち上げてステージに向ける。スタッフがその数を集計し、チャンプ本を決める。残酷な結果が出てしまう可能性に配慮し、出場者はステージ下手側の本部の奥に集められて、投票の模様を見ることを禁じられた。わたしも本部にいたために集計結果を知らないまま、その後の表彰式を迎えた。

「それでは発表します。今年の全国高校ビブリオバトル決勝大会、栄えあるチャンプ本に選ばれたのは――」

ドラムロールの効果音に続いて司会の芸人が読み上げたのは、決勝一番手の板垣愛美さんが紹介した本のタイトルだった。板垣さんは信じられないという様子で涙ぐみ、著者の男性作家がステージに現れる。著者の登場に驚いた板垣さんが作家から賞状を受け取ると、会場は拍手喝采となった。

ほかにも特別賞などいくつかの賞が発表されたが、最後まで榎本さんの名前が呼ばれることはなかった。彼女はうつむいて唇をきゅっと結び、悔しさに耐えているように見えた。

表彰式に続いて閉会式がおこなわれ、今年の全国高校ビブリオバトル決勝大会は幕を閉じた。トラブルもあったとはいえ、全体としては大過なく終えたと言えるだろう――わたしはそう思い、肩の荷が下りた気さえしていた。

閉会式後は、決勝進出者全員で記念撮影となった。しかし、相変わらず榎本さんの表情が浮かない。撮影が終わったところで限界に達したのか、彼女はとうとう顔を手で覆って泣き出してしまった。

わたしはたまらず近寄って声をかける。「残念だったね」

榎本さんはわたしの顔を一瞥（いちべつ）しただけで、また下を向いてしまう。その一瞬に見せた、潤んだ目がわたしの胸を裂いた。

「どうして、抽選箱をちゃんと管理しておいてくれなかったんですか」

　自分が非難されていることに、わたしは気づくのが遅れた。

「……榎本さん？」

「順番決めのくじ引きであんなトラブルが起きなければ、あたしだってもっと落ち着いてプレゼンできたはずなのに……六番めだと思ったのにいきなりトリだと言われて、頭の中が真っ白になってしまって……」

　声音には責め立てる鋭さよりも、重くのしかかるような恨めしさがこもっていた。わたしが言葉を失っていると、榎本さんはやはり顔を上げないままで、わたしを断罪する一言を放った。

「あなたのせいで、あたしは負けたんです」

　榎本さんが泣きながら去っていく。わたしは引き止めることも、追いかけることもできずに、その場に立ち尽くしていた。

　――出場する高校生たちにとっては、努力して勝ち上がってきた大事な大会なんだからな。

　相田局長の言葉の重みを、わたしはいまごろになって痛感していた。紹介する本を選び、プレゼンの内容を熟考し、日ごろから練習に取り組み、万全を期して都道府県大会に出場する――そうして、やっとの思いで手に入れた全国大会の切符だったのだ。情熱を注いできたからこそ、緊張もするし、些細なことが命取りになる。だからスタッフによる運営の小さなほころびが、勝敗を左右しさえする。

――彼女の言うとおり、わたしが抽選箱をきちんと管理していさえすれば、くじ引きであのようなトラブルが起こることはなかった。わたしは、何という手抜かりをしてしまったのだろう。

榎本さんに謝るべきだと、頭ではわかっていた。けれどもそのときには会場の撤収が始まっていて、わたしもそちらにかかりきりになってしまった。後始末が一段落して、やはり謝らなければと決心がつくころには、榎本さんは今日じゅうに京都へ戻らなければならないとのことで、すでに会場をあとにしてしまっていた。

がらんとした本部跡地でぼんやりしていると、相田局長が声をかけてきた。

「どうした徳山、やっと大会が終わったってのに元気ないな。燃え尽きたか」

「いえ、そういうわけじゃ……実は、こんなことがありまして」

わたしは榎本さんから非難されてしまったことを話した。局長は腕組みをしてうなる。

「そうか……あんなの大したトラブルじゃないと思っていたが、あれで調子を崩してしまった高校生もいたか」

「わたし、どうしたらいいでしょう」

「徳山が気に病むのであれば、榎本さんに謝罪するしかないだろうなぁ。できれば、ちゃんと面と向かって。それと」

「それと？」

「事実関係を明らかにしたほうがいいんじゃないか。どうしてあんなことが起きたのか。今後はどうやって再発を防止するのか。すでに一度、謝罪の機会を逸してしまった以上、急ぐよりはきちんと説明することを考えるべきだと思う」

わたしは驚いた。「犯人探しをしろって言うんですか」

「徳山がちゃんとくじを作ったのなら、誰かが不正をはたらいたとしか考えられない。7と8のくじを抜き、代わりに3と4のくじを足したんだ。なぜそんなことをしたのかはさっぱりわからんがな」

わたしの勘違いなどではなかったことは確かだ。撤収の際にスタンプを確認したところ、7と8のスタンプにはちゃんと黒のインクが乾ききらずに残っていた。わたしがそのスタンプを使ってくじを作った証拠と言える。

「でも、目的はわからないとはいえ、不正がおこなわれたのなら犯人はおそらく出場した高校生ですよね。せっかく大会に出場してくれた彼らを疑ってかかるのは、はっきり言って気が進まないんですけど……」

「だからって、不正を見逃していいということにはならんだろう。犯人が見つかって事情が明らかになったら、あらためてどう対処するかを考えればいい。まずは、事実を把握することが先決だ」

　ためらいはあったけれど、わたしはうなずいた。

「わかりました。調査してみます」

「休憩時間、徳山に椅子を運ばせたおれにも責任はある。困ったことがあれば何でも言ってくれ」

　何のめぐり合わせか、たまたま三週間後に恋人の和将と京都旅行をする予定になっていた。わたしはその日を榎本さんに謝罪するXデーと定め、不正に関する調査を開始した。

3

　相田局長が言うように、くじ引きであのような事態が起きたからには、犯人はわたしが作った1から8までのくじのうち7と8を抽選箱から抜いたのち、二枚めの3と4のくじを作って抽選箱に入れたことになる。

　わたしが抽選箱から目を離したのは、Aブロックの予選終了後、局長の電話を受けてパイプ椅子を運ぶために本部を離れてから、本部に戻って榎本さんに注意されるまでの——途中で一度本部に戻った際にも、わたしは抽選箱のほうを見なかった——およそ二十分間のみ。その時間以外に、出場者たちが抽選箱に近づく機会はなかった。

あの二十分間、抽選箱のある本部にいた出場者は、Ａブロックの生徒とＢブロックの生徒の計十二人だけだ。つまりこの中に犯人がいる可能性は高く、さらに目撃者がいることも考えられる。

わたしは相田局長から出場者の名簿を借り受けて、ひとりずつ電話で聞き取り調査をおこなうことにした。

ひとりめは、予選Ａブロックのトップバッターを務めた女の子。北海道代表の伊藤(いとう)真里亜(まりあ)さんだ。名簿には０８０で始まる電話番号が記載されており、電話をかけると伊藤さん本人が出た。

「わたくし、読裏新聞活字推進委員会事務局の徳山実希と申します。先日の全国高校ビブリオバトル決勝大会の件で、伊藤さんにお訊(たず)ねしたいことがありまして」

『えっ。何ですか？』

うろたえる伊藤さんに、決勝戦のくじ引きの件で調査をしていること、抽選箱に細工ができたのはＡブロックの予選後の休憩時間だけだったことを説明する。

「……というわけなのですが、伊藤さん、何か見ませんでしたか？　本部に置きっぱなしになっていた抽選箱を、誰かが触っている様子ですとか」

『見てません。あたし、本部に抽選箱が置いてあったことにさえ、気づきませんでした』

　嘘をついているようには聞こえない。だからと言って彼女は犯人ではないと結論するわけにはいかないが、これ以上は何を訊いても無駄のようだ。

　礼を述べて電話を切ると、まだひとりめなのに早くも徒労感が込み上げた。こんなことで、本当に犯人が見つかるのだろうか。たとえ電話の相手が犯人だったとしても、白を切られたらどうしようもないではないか。それに目撃者が現れたところで、その証言自体、犯人がほかの出場者に罪をなすりつけるための嘘かもしれないのだ。出場者たちのあいだに直接のつながりはないから、その気になればいくらでも他人を悪く言える。

　犯罪捜査と違って指紋を取るわけにもいかないから、雲をつかむような話だ。ため息をつきつつ、わたしは次の生徒に電話をかけた。

「もしもし、新房豊くんですか」

『はいそうですけど』

　こちらも本人が出た。新房豊くんは、Aブロックで二番手にプレゼンしてくれた男子である。

「わたくし読裏新聞活字推進委員会事務局の徳山実希と申しまして、先日のビブリオバトル決勝戦のくじ引きの件でお話を――」

『僕じゃないですよ』

　さえぎって言われ、いきなり電話をかけたわたしのほうが面食らった。

「あの、僕じゃない、とは」

『くじにいたずらをした犯人を探してるんですよね。僕じゃないです』

「ひょっとして、わたしが調査をしていることを、誰かから聞いたんですか」

『そうじゃないけど……くじ引きの件っていったら、いたずらの犯人探しをしているとしか思えないから』

　どうやら呑み込みが早すぎるがゆえの反応だったらしい。

「新房くんを疑っているわけじゃないんです。ただ、何か知っていることがあれば、教えてほしいなって」

『さぁ……僕、Ａブロックの予選が終わるとすぐに本部を出て客席のほうへ向かったんで。証人もいますよ。大地くんと、ずっと一緒にいました』

　大地一悟くんは同じＡブロックの五番手に登場した男子だ。しかし、新房くんは秋田県代表、大地くんは宮崎県代表で、大会前に何らかのつながりがあったとは思えない。いつの間に二人はそんなに仲よくなったのだろうか。

「大会当日に、大地くんと打ち解けたんですか」

『いえ。僕ら二人ともＳＮＳをやってて、ビブリオバトルのことも投稿してたんです。

それで、確か検索に引っかかったとかで、大地くんのほうから僕のアカウントに連絡があって。それ以来、県の代表どうしってことで、ときどきやりとりする仲でした』

なるほどな、と思う。ネットを通じて日本全国、いや世界じゅうの誰とでもつながれる時代だ。共通の話題を持つ二人なのだから、大会前に友情が芽生えるというのはじゅうぶん起こりうる。

『とにかく、予選終了後の休憩時間は大地くんと一緒にいましたから、抽選箱にいたずらをするチャンスはありませんでした。嘘だと思うなら、大地くんにも確認してみてください』

嘘だとは思わなかったが、新房くんが強調するので、わたしはその言葉のとおりすぐ大地くんに電話をかけた。大地くんはほんの数コールで出てくれた。新房くんと口裏合わせをする時間の余裕はなかったはずである。

今回もちゃんと名乗ったあとで、単刀直入に訊ねる。

「新房くんからこんな話を聞いたんですけど、間違いないでしょうか――」

わたしの説明を聞くや、大地くんはあっさり認めた。

『新房くんの言うとおりっすね。休憩時間、ずっと彼と一緒でした』

「じゃあ、やっぱり何も見てないんですね」

『はい。間違いなく言えるのは、自分たちはやってないってことだけっすね』

電話を切る。これでAブロックとBブロックの出場者十二人中、二人の無罪が確定した。消去法の観点では前進したと言えるが、犯人特定につながる決定打は依然得られていない。

その後もわたしは聞き取り調査を続けたが、Aブロック四番手の女子も六番手の男子も、やはり何も目撃してはおらず、新房くんたちのように身の潔白を証明してくれる人もいない、という返事だった。ネットだけでつながりがあった新房くんと大地くんを含め、全員が初対面という状況では無理もないことだ。誰かと関係を結ぶことはもとより、自分以外の誰かに注意を払うのも難しい。

ほとんど何の収穫もなく、Aブロックの生徒に対する聞き取り調査が終了した。京都旅行の日が近づきつつあったので、わたしは榎本さんにアポを取ることを優先し、電話をかけた。

「榎本さん？　わたし、読裏新聞活字推進委員会事務局の徳山実希です。先日のビブリオバトルのときに、抽選箱の件でお話ししました」

『あぁ……何の用ですか？』

電話越しにも榎本さんの声は硬い。まだ、わたしのことを許していないのだなと思った。

「大会運営の不手際でご迷惑をおかけしたことを、直接お詫(わ)びしたいと思っています。

来週末、京都に行きますので、もしよろしければどこかでお時間を作っていただけないでしょうか」

『えっ……来週末なら、特に予定はないですけど』

榎本さんの反応からは戸惑いが伝わってくる。大人が高校生に謝るために、東京から京都まで足を運ぶことの重大さを測りかねているようだ。謝罪を受けることについて考えるよりも先に、わたしの唐突な申し出に思わず流されてしまった、といった態度である。

「ありがとうございます。それでは……」

その後、いくつかのやりとりを経て、わたしは榎本さんと会う日時と場所を取り決めた。

電話の最後に、わたしは責任を感じていることを示すつもりで言った。

「くじ引きでなぜあんなことが起きてしまったのかについては、休憩時間に本部にいた高校生たちに話を聞くなどして、現在調査を進めています。まだ、有力な情報は得られていませんが」

とたん、榎本さんが語気を強めた。

『犯人探しなんてやめてください』

思わぬ展開にわたしはたじろいで、

「でも、何が起きたのかを把握できなければ、十全な再発防止策を講じられるとは言いがたく、謝罪するにしても画竜点睛を欠くのではと……」

『あたし、抽選箱に細工した人を責める気にはなれません。同じくがんばってきた出場者として、ズルをしてでも勝ちたい、と思う気持ちはわかるから』

榎本さんが犯人をかばうのは意外だったが、その理由には説得力があった。

『だからこそ、初めからズルをできないようにするのが、スタッフの役目だと思います。再発防止なんて、抽選箱から目を離さなければいいだけのことですよね。犯人探しをして、責任転嫁するのはやめてください。でなければ、謝罪を聞く気にはなれません』

わたしは何も言い返せなかった。不正をはたらいた人が悪い、というのはひとつの正論ではある。が、スタッフと出場者、大人と高校生という立場の違いも考慮しなくてはならない。出場者たちを不正から遠ざけることは、わたしたちスタッフの義務だったのだ。

「わかりました。調査は打ち切ります」

そう約束するしかなかった。榎本さんは『それなら謝罪に応じます』と言い、電話を切った。

翌日、わたしは出社すると、相田局長のデスクまで行き、調査をやめざるを得なくなったことを報告した。

「そうか……榎本さんにしてみれば、そんな風に感じるのも無理はないかもなぁ」

「わたしもそう思います。だから、彼女の要求を呑むしかありませんでした。こっそり聞き取り調査を続行するというのも、出場者どうしどこでつながっているかわからない以上、難しいでしょうね」

「悪かったな、徳山。犯人探しをしろだなんて、おれが余計な指示を出しちまったばかりに」

局長は回転椅子に座ったまま、ばつが悪そうにこめかみをかく。

「それはいいんですけど……わたし自身、真相は気になってましたし。でも、これじゃあ藪の中ですね」

「ここまでの聞き取り調査で判明したことも、少しはあるんだろ。話してみろよ。誰かと議論することで案外、わかることがあるかもしれないぜ」

局長が勧めるので、わたしは聞き取り調査の結果を報告した。といっても、有意義だと思われる証言は少ない。せいぜい新房くんと大地くんが互いの潔白を保証していることくらいだ。

「うーん……目撃証言はあてにできそうもないなぁ」

「犯人も人目を忍んだでしょうからね。しかしそうなると、こちらとしてはもうお手上げって感じで」

「なぜあんなことをしたのかっていうのが、やっぱり引っかかるよなぁ」

犯人が7と8のくじを抜き、代わりに3と4のくじを足したことについて、局長は今一度言及する。

「どういう狙いがあったんでしょうね」

「むろん人にもよるだろうが、八人中三番手または四番手となれば、まあ悪くない順番だと感じるだろうな。逆にトップバッターやトリは、できれば避けたいと思う人が多いはずだ」

「異論はないですけど、だからと言って3と4を増やしたところで三番手や四番手になる確率が上がるわけではありませんよ」

結局のところ、三番手や四番手を務めるのはひとりだけ。せいぜい3か4を引けたときに首尾よく動けば同じ数字の相手より先かあとかを選べるくらいで、トップバッターやトリになる可能性が低くなるわけでもなく、不正をはたらくほどのメリットがあるとは思えない。

「そもそも、出場者が抽選箱に細工できたのはAブロックの予選終了後、休憩に充てられた二十分間だけだったんだよな」

「はい。その点は確かです」

「しかしその時間にはまだ、どの出場者も決勝戦へ進むことは確定していなかったぞ。集計自体、全ブロックの予選が終わってからおこなわれたんだからな。なのにどうして、犯人は抽選箱に細工をしたんだ？」

「言われてみれば……くじ引きの直前に名前を呼ばれてステージに上がるまで、自分が決勝戦に進んだことを知りえた出場者はいませんでした。あの休憩時間に限らず、どのタイミングで細工がなされたとしても、予選の結果とは何ら関係がなかったことになってしまいます」

犯人は、予選の勝敗がわからない段階で不正をはたらいたということか。予選に手応えを感じていれば、あるいは——。

そこまで考えたとき、局長が意外なことを言い出した。

「いや、ひとりだけいるな。予選の結果が発表されるのを待たずに、自分が勝ち上がったことを知りえた出場者が」

「えっ。誰です？」

「板垣さんだよ」

板垣愛美——決勝大会のチャンプ本に選ばれた本を紹介した女子だ。

「どうして彼女が？」

「板垣さんのプレゼンした本の著者が、会場に来ていただろう。彼女がそのことを、トークイベントよりも前に把握していたとしたらどうだ」

ありえないことではない。事前に著者の顔写真を見ていた板垣さんが、会場でたまたま本人を見かけるだけで、その状況は成立する。もしくは、あの男性作家自身がSNSなどを通じて情報を漏らしていないとも言い切れない。スタッフからは一応、来場することは伏せるようお願いしてあったはずだが、したがうかどうかは作家の良心しだいだ。

「トークイベントの準備の際、登壇する作家の名前を書いた紙をテーブルの正面に貼っただろう。その紙を見て、板垣さんは思う。『あれ、会場にいるはずなのに、自分が紹介した本の著者は登壇しないのだな』と。そこから、自分は勝ち上がったのだという結論に至るのは難しくない」

決勝戦で観客にバイアスがかかりかねない、または板垣さんのプレゼンに影響が出かねないので、著者を登壇させなかったというのは、ちょっと考えればわかりそうなことだ。

「なるほど。Bブロックの板垣さんになら、予選の会場は大ホールでしたから、抽選箱に近づく機会もありました」

「おいおい、混乱しているぞ。板垣さんが決勝に進んだことを知れたのは、一番早くても昼休憩の時間だ。二十分の休憩時間には、板垣さんはまだプレゼンをしてもいなかった」

「あ、そうでした……でも、そうすると板垣さんにはどのみち、決勝進出を知ったあとで不正をはたらくのは不可能だったことになりますけど」

相田局長はあごに手を当て、束の間考えてから口を開いた。

「板垣さんには、協力者がいた」

「協力者って？」

「決まってるだろう――著者だよ」

わたしは愕然とした。「まさか！」

「全国大会のチャンプ本に選ばれたら、著者にとってはいい宣伝になる。出場者に協力する動機としてはじゅうぶんだ。都道府県大会の結果はただちに公表されるから、全国大会出場が決まった時点で著者のほうから出場者にアプローチしてもおかしくはない」

「つまり、板垣さんと著者は事前につながっていた、と」

「あの作家さん、トークイベントには登壇させられなかったが、表彰式に出る可能性がある関係で、決勝戦が始まる前から本部に待機させておいたんだ。確か、その場所が――」

「パーテーションで区切られた、あのスペースですよ！」

出場者たちに姿を見せられないため、いわば閉じ込めておいたのだ。そしてほかでもないそのスペースに、わたしは抽選箱を移動させたのである。

「どうやら、だいぶ疑わしくなってきたようだな」

局長がニヤリと笑っているのは、この筋書きをおもしろく感じているからか。

「板垣さんと作家が共犯なら、トークイベントの名前の貼り紙を見るまでもなく、板垣さんは決勝進出を知りえたことになりますね。二人が大会中も連絡を取り合っていたとすれば」

「トークイベントに出演できないことをスタッフから伝えられた時点で、作家は板垣さんの勝ち上がりを知るわけだからな」

「さらにうがった見方をすれば、板垣さんは不正とは無関係だったとさえ考えられます。作家が板垣さんの予選通過を知り、独断で抽選箱に細工をしたのかもしれない。出場者を除いて唯一、不正をする動機も、その機会もあった人ですから」

と、ここまで来て疑問は振り出しに戻った。

「……でも、作家が板垣さんを勝たせようとしたとして、何で7と8を抜いて3と4を足したんでしょうね」

「そこなんだよなぁ」

恰幅（かっぷく）のいい局長が背もたれに寄りかかったことで、回転椅子がギィと悲鳴を上げた。

「作家犯人説で説明はつく。くじを入れ替えたことについても、おれたちには思いもよらない理由が隠されているのかもしれない。けどなぁ……」

「目的がわからない以上、不正と断定することはできませんね」

「それこそ板垣さんとは何の関係もなく、単に作家が出来心でいたずらした可能性だってゼロではないからなぁ。作家っちゅうのは、なべて変わった生き物だから……とはいえ、だ」

局長は身を起こし、両足の太ももをパンと叩いて続けた。

「板垣さんの優勝に不正が関わっていたとなれば、とんでもない事態だぞ。大会が根底から揺るがされかねん。徳山、もしかするとおれたちは、パンドラの箱を開けてしまったのかもしれんな……」

優勝者の不正を暴けば、大会の価値を毀損するほどの大問題に発展するだろう。確かにこれはパンドラの箱だ。

「そう考えると、おれたちスタッフがこんなことを言っちゃいかんが、榎本さんから調査をやめるように言われたのは案外、地獄に仏だったりしてな」

素直にはうなずけないが、どちらにしても調査は進められない。局長との議論は臆測の域を出ないし、わたしたちが今後、真相にたどり着くこともないだろう。

「で、謝罪旅行は来週末だっけか。悪いな、交通費も出せないで」

「個人的なけじめなのでそれは構いませんけど、謝罪旅行はやめてください。せっかくの彼氏との旅行が楽しみじゃなくなります」

「ハハ、そうか。穏便に済めばいいが」

「それなんですが、榎本さんに納得してもらうためには、わたしなりに責任を取るつもりだというところを示す必要があると思いまして。こちら、受け取っていただけますか」

わたしはジャケットの内ポケットから、封筒を取り出した。

相田局長が眉をひそめる。「それは？」

「異動願です」

わたしが差し出すと、局長は封筒をひとまず手に取る。

「今回の混乱の責任を取って、わたしは今後一切、全国高校ビブリオバトルに携わらないようにします。あれが不正にせよ単なるいたずらにせよ、わたしの意識の低さが招いたことです。わたしには、大会に関わる資格がないと思います。畢竟（ひっきょう）、活字推進委員会もやめざるを得ません」

「よくよく考えてのことなのか」

「はい。それぐらいの態度を示さないと、榎本さんはわたしのことを許してはくれないでしょう」

本好きのわたしにとって、活字推進委員会の仕事は天職だった。それなのに、たった一年足らずで部署を離れなければならないのは断腸の思いだ。けれど、好きな仕事ばかりをやってはいかれないのは社会人の宿命だ。仕方がない、ほかの誰でもなく、これは自分のせいなのだから。

相田局長は低くうなってから、封筒をデスクにしまった。

「いったんあずかっておく。本音を言えば、徳山には部署を出ていってほしくない」

「そのお言葉だけでも、身に余る光栄です」

局長が椅子から立ち上がり、逃げるようにオフィスから去っていく。ますます離れがたくなるのを振り切るように、わたしは自分のデスクに戻って仕事に没頭した。

そして、その後は何の進展もないまま、わたしは京都旅行の日を迎えたのである。

4

「……と、いうことなの」

わたしが話を終えると、和将はテーブルに片方のひじをつき、あごを手に載せた。

「なるほどねぇ」

テーブルの上では、わたしのスマートフォンがとある映像を流し続けている。全国高校ビブリオバトル決勝大会の模様はすべて客席に設置されたカメラで撮影されていたので、そのデータをコピーしてもらったのだ。わたしは話の最中にも問題のくじ引きの場面を繰り返し再生し、注文したコーヒーを店員が届けてくれたときでさえ止めなかった。

「で、実希はその板垣さんや作家が犯人だとにらんでいるのか」

和将の問いに、わたしは首を傾ける。

「半信半疑ってとこかな。決勝進出の情報を事前に知りえたのが、スタッフを除くとその二人に絞られることは確か」

「しかしもちろん、反対に負けを確信した出場者が、勝者への嫌がらせのためにいたずらした可能性もあるわけだ」

「まあね」

あのくじの細工から誰かが恩恵を受けたとは考えにくい。むしろ単なるいたずらと見たほうが、よほど納得がいく。

わたしはコーヒーに口をつける。ネットで調べた限りでは、コーヒーの味が評判になり、ここ数年客足が伸びている喫茶店なのだという。店名のタレーランというのも、コーヒーに関する名言を残したフランスの伯爵の名前だそうだ。わたしはコーヒーにうるさい口ではないが、言われてみるとしっかりした苦みとコクのあとからほんのり甘みが追いかけてきて、とてもおいしい。店員はわたしと同年輩に見えるが、このコーヒーからは老練した感じを受ける。

和将は、わたしと相田局長の議論が腑に落ちないようだ。眼鏡のつるを触りつつ、新たな仮説を提示する。

「榎本さんの自作自演ってことはないかな」

失笑してしまう。「何のために？」

「負けた場合の保険だよ。実はプライドがものすごく高くて、負けるのはどうしても嫌だった。けど、確実に優勝できるほどの自信はなかった。そこで、抽選箱に細工をしておいて、負けたときの言い訳と責める相手を用意しておいたんだ。実際、そうなったようにね。それに彼女が犯人なら、調査をやめるように言ったこととも合致する」

恋人のわたしに味方したいあまり、心の眼鏡まで曇ってしまったみたいだ。その気持ちはうれしくもあったけど、わたしは彼の考えを一蹴した。

「何度も言うように、二十分の休憩時間の段階では、予選の結果はまだ出てなかったんだよ。榎本さんが決勝に進める手応えを感じていたとして、なのに決勝では負ける前提で抽選箱に細工するなんて、出場者の心理としてはねじれているよ」

「そうかな。プライドを守るためなら、何だってやる人は多いよ」

「百歩譲って、榎本さんの自作自演だったなら、決勝戦での彼女のプレゼンが振るわなかった説明がつかない。くじ引きで混乱が起きることを、彼女だけはあらかじめ知っていたんだからね。プライドを守りたかったのなら、そもそも優勝するのがベストだったのだから、プレゼンでわざとしくじるはずはない。やっぱりあれは、くじ引きの結果に動揺したせいだとしか思えない」

「細工したことに気を取られすぎて、自滅してしまったとか……」

「牽強付会(けんきょうふかい)だよ。そもそも、混乱を起こしたかっただけなら、なぜ7と8を抜いて3と4を足すなんて手間のかかることをしたの？　くじを何枚か抜いておくとか、あるいは白紙のくじを足しておくとか、それだけでもよかったんじゃないの」

「枚数が違うと、スタッフが違和感を抱くかもしれないだろ。深い考えもなく二枚抜いて、代わりにスタンプがそこにあったから二枚作って足しただけのことさ。大した手間じゃない。数字は何でもよかったんだ、抜くほうも、作って足すほうも——」

そこで突然、和将は口をつぐんだ。

「どうかした？」

「いや……何で、3と4のくじが足されたんだろうな」

「ほかの数字じゃなくて、ってこと？」

「そうじゃない」和将の目つきが鋭くなる。「くじ引きを混乱させることが目的なら、足す数字は何でもいい。それこそ白紙でもよかったわけだが、そこはまぁいいとしよう。あえて3と4のくじを作っているところが、いかにも不自然だ」

「話がよく見えないよ」

「犯人は当然、抽選箱に細工しているところを誰にも見られたくなかったはずだ。なら、一秒でも早く済むに越したことはない。とりあえずくじを二枚抜いて、代わりのくじを作ろうとする。さて、どうするか——僕なら間違いなく、同じ数字のくじを二枚作る」

ようやく彼の言わんとしていることがわかった。

「犯人は、わざわざスタンプを持ち替えて、3と4のくじを作っているのね」

「そういうことになる。なぜ、そんなまどろっこしいことをした？　混乱させたいだけなら、同じ数字でもよかったのに。これは裏を返せば、やはり3と4のくじを作ることに意味があった、という結論になりはしないか」

一理ある。そうなると、ただのいたずらだったという線も考えにくくなる。

「3と4のくじを作ることに、どんな意味があったんだろう……」

「局長さんが言ったように、三番手や四番手というのは、比較的いい順番だと思う。犯人は、どうしてもこれらの数字を引きたかったたってのはどうかな」

「一度否定したように、3と4のくじを足したところで、三番手や四番手になる確率が上がるわけではないよ」

「それはそうだけど……いや、待てよ。3と4のくじを確実に引く方法ならあるぞ」

　わたしは驚き、解説を求めた。

「簡単なことさ。自分の引きたい数字のくじをあらかじめ作っておいて、手の中に隠し持ったままステージに上がるんだ。抽選箱の中にその手を突っ込んで、何もせずにまた引き抜く。そうすれば、希望する数字のくじを引いたように見せかけられる」

　その手があったか。目から鱗が落ちる思いだった。

「つまり、犯人は3と4のくじを引いた二人ずつのうちのいずれか、ということになるね」

「普通に3と4を引いただけの出場者もいるんだろうからな。ただし、3が二枚ある時点で、4を引いたって四番手にはならないから、もしかすると犯人どうしはお互いの不正を知らなかったのかもしれない。4を引いた人は五番手か六番手を希望していた、とも考えられるけどな。ついでに言えば、くじが残り二枚になった段階で実希が抽選箱の中身を確認しているから、そのあとでくじを引いたGブロックとHブロックの予選通過者も犯人ではない」

　わたしはこの推理にそれなりの説得力を感じた。しかし、一方で疑問も残る。

「3と4のくじを引いた出場者たちはいずれも、抽選箱には近づいていないよ」

「自分でくじを作るのは無理だったってことだな。ならこの場合も、協力者がいたと考えるしかなさそうだ。スタンプとメモ用紙を見つけたAブロックまたはBブロックの出場者の誰かが、くじを適当に作って、ほかの出場者に希望する番号のくじを与えたんじゃないか」

　くじを作った本人も不正をするつもりだったが、決勝に残れなかったということか。結果的にくじを手にした出場者の中から二人が勝ち上がっただけで、もっと多くのくじが出回っていた可能性もある。

「この不正が効力を発揮するためには、渡したくじよりもあとの番号を抽選箱から抜いておかなければ意味がない。でないと順番がずれてしまう。だから、くじを作った犯人は抽選箱から、とりあえず7と8のくじを抜いておいた。本当は人に渡すくじの番号を抜くのが一番だけど、とっさの行動だったから、誰が何番を希望するかまではわからなかったんだ」

「要するに、適当に二枚抜いたら、たまたま二人が勝ち上がったってこと？　ちょっとうまくいきすぎている気もするけど……」

「そうでもないさ。二枚というのは、いかにも適当に抜いたという感じの枚数だからね。たまたまくじを渡した人の中から二人が勝ち上がる、という偶然は起こりうる。配ったくじの枚数が多ければ多いほど、ね」

つまり不正に加わった出場者は最少でも三人、実際はそれより多いと考えられる、というわけだ。

「それが事実なら、優勝した板垣さんが不正をしたのと変わらないくらい、いやそれよりもはるかに大きな問題になるよ……わたし、胃が痛くなってきた」

「ま、しょせんはこれも臆測に過ぎないさ。いいじゃないか、どうせきみはもう、大会に関わるのをやめるんだろう?」

「そういう言い方をすると、意味合いが変わってくるじゃない。わたし、逃げ出したつもりじゃないのに……」

わたしが機嫌を損ねたからか、和将は腕時計を見て言った。

「そろそろ時間だ。僕は席を移るよ」

店員にことわって、和将がカウンター席へと移動する。わたしはこの店に入ったときよりもさらに重苦しい気分になって、榎本さんが来るのを待った。

約束の十六時を数分過ぎたところで、カランと鐘の音がして喫茶店の扉が開かれた。

「榎本さん。本日はお時間いただき、ありがとうございます」

わたしは立ち上がり、頭を下げた。三週間ぶりに会う榎本さんは、心なしかやせて見えた。彼女は軽く会釈して、さっきまで和将が座っていた椅子に腰を下ろす。

「遅れてすみません。近くまで来てたんですけど、お店が見つからなくて」

確かに入り口がわかりづらかった。気にしないで、と伝える。

わたしが注文をうながすと、榎本さんはカフェラテを頼んだ。店員がテーブルを離れたところで、彼女はぽつりとつぶやく。

「本当に、東京から来たんですね」

「はい。でも、このためだけに来たわけではありません」

これは正直に話しておいたほうが、彼女にとって精神的負担にならないだろう。意気消沈した様子の榎本さんに、わたしのほうから切り出した。

「あらためて謝罪させてください。このたびは、本当に申し訳ありませんでした」

テーブルに額がつくほど深く、腰を曲げる。たっぷり十秒ほど待ってから、榎本さんが放った言葉はどこか投げやりだった。

「もう、どうでもいいです。謝られたって、大会の結果は変わらないし」

許されたと解釈すべきではないだろう。京都まで来た程度では、彼女の心は動かないということだ。手ぶらでなくてよかったと思いつつ、わたしは顔を上げて報告する。

「大会を混乱させた責任を取って、活字推進委員会をやめることにしました。もう、わたしがあの大会に関わることはありません」

するとさすがに榎本さんの瞳に動揺の色が浮かんだ。

「そうなんですね……」

高校生でありながら、彼女は社会人が責任を取ることの重みをちゃんと理解している。わたしは続けた。

「わたしの代わりにほかのスタッフたちが、しっかり大会を運営してくれるはずです。だから安心して、よかったら来年もぜひ参加してください。榎本さんはまだ一年生でしょう。それで府大会を勝ち上がり、全国大会の予選でもあれだけのプレゼンを見せてくれたのだから、次回は優勝も夢じゃない。わたし、心からそう思います。今年のつらい思い出は、来年の大会で払拭して――」

ところが、榎本さんはわたしをさえぎって宣言した。

「来年は出ません。もう、意味がないから」

予選のステージであれだけの輝きを放っていた彼女がすっかり意固地になってしまっていることに、わたしは焦る。

「そんな……無意味なんてことはない」

「謝りに来たんですよね？　それとも、来年も出場させることが目的なんですか。もしあたしが来年も決勝大会に出場して、あたしの紹介した本がチャンプ本に選ばれたとしても、それであなたのミスが帳消しになるわけではないのに」

淡々と正論を吐く彼女の姿に、胸が潰れそうになる。わたしはひとりの女子高生から、熱中できるものを奪ってしまった。

これ以上、打つ手はなかった。わたしは力なく、同じことを繰り返す。

「……ミスを帳消しにしたいだなんて、思ってもみません。わたしはただ、あなたに謝罪したいこと、責任を取る意思があること、この二つをお伝えに来ました」

「それはもう、わかりました。ほかに話がないなら、帰っていいですか」

返事を待たず、榎本さんは席を立った。引き止めたかったけれど、そうしたところでいまのわたしに何を言えよう。

わたしはうつむいて下唇を噛み、失意に耐えた。謝罪は失敗に終わった。わたしなりに、できるだけのことはやったつもりだ——だが、届かなかった。

帰ろうとする榎本さんを見て、女性店員が驚く。彼女の手にした銀のトレイには、カフェラテの入ったカップが載っていた。榎本さんは、注文の品に口もつけずに去ろうとしている。

彼女の細くて白い指が、真鍮製のドアハンドルにかかる。まさに扉が開かれようとした、そのときだった。

「——それでいいの？」

背中から声をかけられ、榎本さんは動きを止めた。

女性店員が、榎本さんに問いかけている。初め、カフェラテを飲まずに帰っていいのか、と訊ねているのかと思ったが、違った。

「本当に、あなたはそれでいいの」

店員が繰り返す。明らかに、彼女は何かを訴えている。

榎本さんが振り返る。わけがわからない、という顔をしている。当然だ。赤の他人のはずの店員から、いきなり意味不明の質問をされたのだから。

店員は、榎本さんが何か言ってくれるのを切望している様子だった。けれども榎本さんが黙り込んでいるのを見て、あきらめたように息をつく。そして、彼女はわたしのほうを一瞥してから、意想外の言葉を放ったのだった。

「あの方に責任を取らせて、あなたは本当に満足なのかって訊いてるの——ズルをしい、い、い、い、い、い、たのは、あなた自身なのに」

5

榎本さんが、両目を大きく見開いて固まった。

「ちょっと、何を言ってるんですか」

たまらずわたしは立ち上がり、店員をとがめる。けれども店員の眼差し（まなざ）は、無責任な発言をしたとは思えないほど真剣だった。

「申し訳ありません。いけないとは思いつつ、ほかにお客さまがいらっしゃらなかったものですから、先ほどのお話をすべて聞いてしまいました」

「それは、仕方ないですけど……榎本さんがズルをしたって、どういうことなんですか。部外者が口をはさまないでください」

大会に出てくれた榎本さんを守ろうとするわたしの怒りを、説明を求められたと解釈したらしい店員は、落ち着いた口調で語り出した。

「抽選箱から7と8のくじが抜かれ、3と4のくじが足されたのですよね。なぜ、犯人はそんなことをしたのでしょう。最初に、スタンプを二つ使ってまで3と4のくじを作った理由からお話ししましょう」

その疑問に言及した和将が、店員の背後で目をしばたたいているのが見える。

「犯人が適当にくじを作り、配って回ったから？　いいえ。答えはもっと単純です。犯人は、二人いたのです」

単独犯ではなく、共犯だったと言いたいらしい。

「犯人が、抽選箱に細工をするところを誰にも見られたくなかったのは道理です。できる限り早く済ませたい。二人で協力して二枚のくじを作れば、当然スタンプは別のものを使うことになり、違う数字のくじが一枚ずつできあがります」

なるほど、と思わされた。こんな簡単なことに、なぜ思い至らなかったのだろう。

次の瞬間、わたしははっと気づく。

「犯人は二人組だった。と、いうことは……」

「互いに潔白を主張し合った二人の男子高校生、新房くんと大地くんでしょう。ほとんどの出場者は大会当日に初めて顔を合わせたばかりで、共犯関係を結ぶのは難しかったでしょうから」

　そういう結論になる。だが、わたしは慎重だった。

「疑わしい、というだけでしょう。証拠はあるんですか」

「あなたが電話をかけた際、新房くんは詳しい説明を聞くより先に、無実を訴えたんでしたよね」

「ええ、そうでした」

「ではなぜ、新房くんは休憩時間のアリバイを主張したんでしょうか。その時間に細工がなされたと考えられることについて、あなたはまだ何も話していなかったのに」

　あっと思った。あのくじ引きを見ただけで、不正が二十分の休憩時間におこなわれたと断定することはできない。

「新房くんは、あなたから聞くまでもなく知っていたのです。抽選箱に細工がなされたのは、二十分の休憩時間だったことを。なぜなら、ほかでもない彼が犯人だったからです。だから彼はあなたの電話を受けて、疑われるのを恐れるあまり、勇み足で無実を主張してしまった。大地くんが彼の嘘に乗ったのは、単に察したからか、もしくは疑われた場合の対応について事前に打ち合わせてあったのかもしれませんね」

　有効な反論を思いつかない。犯人が新房くんと大地くんであることは確かなように思われた。

「でも、彼らはどうしてあんなことを」

「7と8のくじが抜かれ、3と4のくじが足されたことによって、何が起きるか。間違いなく影響を受けるのは、4よりも後ろの数字を引いた出場者です」

　1と2のくじを引いた人は、そのまま一番手、二番手を務める。3を引いた二人が三番手と四番手、4を引いた二人が五番手と六番手になり、5が七番手、6がトリの八番手になる。これは、確実でこそないがおおむね予想がつく展開だ。

「局長さんがおっしゃったように、できればトリは避けたいと考えるのは普通の感覚でしょう。新房くんたちは後ろの数字のくじを抜き、もっと手前の数字のくじを増やすことによって、6を引いた出場者に望まないトリを押しつけたのです」

　わたしは榎本さんに目を向けた。沈黙を保っているが、その顔は青ざめている。

「なぜ、そんなことを……誰が6のくじを引くかなんて、わかりっこないじゃないですか」

「ところが、彼らにはわかっていたんですよ。榎本さんは、すでに6のくじを引いてしまっていたのだから」

店員の告発の意味がようやく判明する。それこそが、榎本さんのズルだったのだ。

「予選のプレゼンを終え、榎本さんは手応えを感じていたんだと思います。そうしたところに、彼女は本部に無防備に置かれた抽選箱を見つけた。そのとき、月並みな言い方ですが、彼女の耳元で悪魔がささやいたのでしょう。自分の希望するくじをあらかじめ引いておいて、手の中に握り、抽選箱から取り出したふりをして示せばいい、と」

この不正の方法は、さっき和将が考えついたのと同じものだ。だが、3と4のくじを引いた出場者ではなく、榎本さんがその手を使っていたとは思わなかった。

「榎本さんが紹介したのは、数字に関する本だったのでしょう。事前にプレゼンの順番が確定していることは、彼女にとって大きなメリットになります」

店員が指摘する。事実、予選では三番手を務めた榎本さんは、数字の3をうまくプレゼンに取り入れていた。

「榎本さんは六番手になることを希望し、抽選箱の中から6のくじを探し出してくすねました。くじが一枚減ったくらいでは、スタッフは気づかないだろうと踏んだのです——しかしながら、そのさまを新房くんたちに見られてしまいました」

店員の推理が間違っているのなら、否定してほしかった。けれども榎本さんは、この期に及んで唇を引き結んでいる。

「新房くんたちは思います。『榎本さんは、何かズルをしていたようだ。予選で自分たちが榎本さんに負けたとしたら、それは仕方のないことだが、そのまま彼女が決勝戦でズルをして優勝するのは許せない。邪魔をしてやろう』と。そこで彼らは抽選箱を調べて6のくじがなくなっていることに気づき、榎本さんの企みを見抜いて、彼女が六番手ではなくトリになるよう知恵をはたらかせたのです」

その結果が、7と8のくじが消え去り、代わりに3と4のくじが二枚現れるという、あの混乱に満ちたくじ引きだったのだ。

店員の推理が正しいことを、わたしは半ば確信し始めていた。それでもまだ残っている疑問を口にする。

「休憩時間の段階では、榎本さんの予選通過はまだ確定していませんでした。手応えがあったというだけで、不正をしようと思うものでしょうか」

「その点については、榎本さんが予選で敗退した場合のことを想像すればいいでしょう。くじ引きがおこなわれ、Gブロックの予選通過者が七枚めのくじを引いた時点で、抽選箱の中身は空になってしまいます。とりあえずくじを開くと、6のくじがない。くじを引けなかったHブロックの予選通過者は、自動的に六番手を割り当てられます。多くの人が、スタッフが6のくじを入れ忘れたのだろうと思うだけで、混乱は起こりません。つまり、たとえ榎本さんが敗退していても、特に何の影響もなかったのです」

　反対に、榎本さんが予選を通過していれば、彼女は確実に六番手を務められるはずだった。バレさえしなければデメリットはなく、メリットは大きい。ズルをしない手はない、と榎本さんが判断したのはもっともだった。

「映像に、はっきり映っていましたよ。くじ引きの直前、名前を呼ばれてステージに上がった榎本さんが、くじを隠し持つ手を握りしめたまま開こうとしない様子が」

　店員はコーヒーを運んだ際に、わたしのスマートフォンにも目を走らせていたらしい。映像を確認するまでもなく、榎本さんが本を持っていないほうの手を握りしめていたことをわたしは憶(おぼ)えている。あれは緊張のせいではなく、6のくじを隠し持っていたからだったのだ。

「榎本さんが調査をやめるように言ったのも、くじ引きで混乱が生じた瞬間に、自分の不正が誰かに目撃されたことを悟ったからでしょう。犯人を突き止められると、彼女のやったことが明るみに出てしまう」

　新房くんや大地くんが、彼女の不正の証人になってくれるに違いない——もはや、榎本さんは言い逃れできない。

「本当なの、榎本さん」

　それでもわたしは、榎本さんに反論の機会を与えた。彼女は何も答えなかったが、いまにも泣き出しそうな顔をしていること自体、罪を認めているも同然だった。

この三週間、わたしが頭を悩ませ続けても見抜けなかった真相を、店員はたった一度話を聞いただけで導き出してしまった。いったい何者なのだ、この人は。畏怖の念すら覚えつつ、わたしは問う。

「どうして……無関係のあなたが、榎本さんの不正を暴き立てるんです」

すると彼女は、わたしではなく榎本さんのほうを向いて語った。

「私、あなたよりは少し長く生きているから、想像がつくんです。あの方が混乱の責任を取って大会のスタッフをやめることになれば、もしかしたらあなたは胸がすくかもしれない。でも、それはたぶん、いまだけ」

榎本さんはおびえを浮かべつつ、店員から目を逸らせないでいる。

「あなたがズルをした結果、あの方がスタッフをやめざるを得なくなったことは、きっとあなたの心のどこかにしこりとなって残る。時が経てば経つほど、ビブリオバトルの思い出は、あなたにとって苦しいものになる――せっかく一所懸命準備して、練習もして、府大会を勝ち上がり、全国大会の決勝戦にまで進出したのに。もしかすると、大好きなはずの読書さえ、嫌いになってしまうかもしれない」

だから、黙っていられなかったのだという。

「このまま帰ってしまったら、取り返しがつかなくなると思った。あの方がスタッフをやめる前に真実を告白する機会は、これが最後になるんじゃないかと危惧したんです。だから、問いただささずにいられませんでした。あなたは本当にそれでいいのか、と」

榎本さんがうつむく。その声は、懸命に絞り出すようだった。

「……あたしのおばあちゃん、癌（がん）なんです。もう、一年はもたないだろうって言われてて」

彼女は不正の動機を語ろうとしている。店員の説得が、榎本さんの心を動かしたのだ。

「小さいころ、あたしはひどい人見知りで、学校でも友達が全然できなくて、寂しい思いをしてました。そんなあたしにあるとき、おばあちゃんが本を買い与えてくれたんです。あたしは夢中になって読み、すぐに一冊を読んでしまうと、おばあちゃんに次の本をせがみました。そうしてあたしはいつしか、読書が大好きになっていったんです」

榎本さんは読書によって、友達のいない寂しさを埋めることができたそうだ。

「いまではあたしにも友達ができました。でも、おばあちゃんにはずっと感謝してたから。おばあちゃんの癌が発覚して、どうにか生きてるうちに恩返しをしたいと思っていたところに、全国高校ビブリオバトルのことを知ったんです」

榎本さんは、即座に出場を決意した。

「あたし、どうしても優勝したかった。おばあちゃんのおかげで読書が好きになって、こんな大会で優勝できたんだよって、おばあちゃんが生きてるあいだに報告したかったんです。だから、本当は人前でプレゼンなんて苦手だったけど、精一杯がんばって府大会を勝ち上がり、全国大会の決勝戦に進むことができました」

——来年は出ません。もう、意味がないから。

榎本さんがそう語っていたことを思い出す。来年の大会が開かれるころには、おばあちゃんはもうこの世にいないだろう。あの発言は、彼女がそう考えていることの表れだったのだ。

「……数字の6には、とっておきのエピソードがあったんです」

悔恨に声を震わせながら、榎本さんは続ける。

「あの話をプレゼンに盛り込めば、観客を喜ばせられる自信がありました。だから、どうしても六番手になりたかった。もし、あそこに抽選箱が無防備に置かれていなければ、あたしは昼の休憩時間にしっかり本を読み返し、どんな数字を引いても対応できるよう準備したでしょう。でも、6のくじを先に引くというズルをしてしまった時点で、その必要はなくなったと思った。あたしは6にまつわる話をすることだけを考えて、本を読み返すのを怠ってしまいました」

実は、榎本さんは新房くんたちが抽選箱に近づいたのを見かけたのだという。

「その段階では、彼らがあたしのズルを目撃したのかどうかまではわかりませんでした。彼らも抽選箱に何かしたのだろうかと不安になりましたが、中身を確かめるより先に、スタッフさんが戻ってきてしまいました。あたしは、まさか彼らが細工をしたなんてことはないだろうと決めつけ——あるいはそう祈りたかっただけなのかもしれませんが、とにかくこれ以上は誰も抽選箱に近づかないようにと、スタッフさんに管理を強化させました。抽選箱の中が、すでにあんなことになっていたとも知らずに」

結果、6のくじを持っていたにもかかわらず、榎本さんはトリの八番手を務めることになった。6のエピソードを話せなくなったことで時間を余らせ、また何よりも自身の不正を誰かに見られたらしいと悟って動揺したために、彼女のプレゼンは失敗に終わった。

「6のくじを引いたことに変わりはないのだから、そのまま6のエピソードを話してもよかったんじゃないの」

わたしが訊ねると、榎本さんは力なくかぶりを振った。

「怖かったんです。八番手なのに6の話をしている違和感から、誰かがあたしのズルを見破ってしまうのが。あのときのあたしは、とても平静ではいられませんでした。たとえ6の話をしていたとしても、プレゼンはうまくいかなかったと思います」

そして、店内には彼女の鼻をすする音が響いた。

　わたしは考える。確かに、わたしにも抽選箱の管理を怠ったという非はあった。だが、くじ引きの混乱は榎本さんのズルが発端だった。それでもわたしは京都を訪れて彼女に直接謝罪し、いまでも責任を取って活字推進委員会をやめようとしている。彼女の抱える切実な事情を知ってなお、憤りを覚えないと言えば嘘になる。わたしはいま、大人として、彼女の出場した大会のスタッフだった人間として、どのような態度を示すべきなのだろう。

　わたしはテーブル席を離れ、榎本さんのそばに歩み寄る。おびえた目でわたしを見つめる彼女を見ていると、自然と言葉が口を衝いて出た。

「たとえ優勝できなかったとしても、おばあちゃんはあなたのことを誇りに感じていると思うよ」

　スタッフだからこそ、大会をこの目で見ていたからこそ、わたしは言わなければならない。優勝するかどうかよりもずっと大切なことが、あの大会には間違いなくあったのだ、と。

　榎本さんの両目から、大粒の涙がこぼれ出す。

「ごめんなさい。本当に、ごめんなさい……」

「わたしも悪かった。管理の甘さで、あなたを悪者にしてしまった。だからもう、謝らないで」

彼女はしゃくり上げながら、それでも次の一言を告げた。

「来年も、また出場してもいいですか」

うれしくなって、わたしは言った。

「もちろん。今回のことは、不問に付します。実力者のあなたが出場してくれたら、きっと大会はまた盛り上がるはず。来年こそは正々堂々と戦って、おばあちゃんがどこにいたとしても、いい報告ができるようにしましょうね」

わたしは彼女の背中をさすってあげる。ふと視線を移すと、店員はふわりと微笑んでいた。

6

「自分は責任を取ってスタッフをやめる決意さえしたのに、ずいぶん寛大な措置だったね」

元いたテーブル席に戻った和将が、こちらをひやかすように言う。すでに榎本さんは帰ったあとで、店内にはゆったりとした空気が流れていた。

念のため、わたしは店員に許可を得たうえで新房くんに電話をかけ、彼らが抽選箱に細工をしたことを確かめた。榎本さんがズルを認めたと話すと、彼はあっさり自分がやったと白状した。

「あんな細工をするのではなく、スタッフに教えてほしかったです」

　わたしがはっきり伝えたところ、新房くんはばつが悪そうに、

『おとがめなしになるのは気に食わないけど、かと言って彼女を引きずり降ろして別の誰かが予選を繰り上げ通過みたいな展開になるのも、それはそれで嫌だったんですよね。予選のプレゼンを見れば、榎本さんが勝ち上がるのは順当だと思えたし。僕らはただ、彼女にほかの決勝進出者と同じ条件で戦ってほしかっただけなんで』

　予選をともに戦った者として、榎本さんに対する敬服と非難の狭間で揺れ動いた結果、あんな行動に及んだらしい。わたしは、今回は彼らも不問に付すこと、ただし二度は見逃さないことを強調し、電話を切った。

　和将の言葉にちょっぴり照れくささを感じながら、わたしは口を開く。

「本を読むというのは、自分以外のたくさんの人の人生や、考え方や感情や価値観に触れて、自分の人生だけを生きていては決して知りえないことを知る営みだと思うの。それはきっと、人との違いや多様性を受け入れ、広い心を持つことにつながっていく」

「うん。同感だ」

「であれば読書の大会のスタッフを務めたわたしが、その手本を示すことには意義があるんじゃないかな。あの子に厳しく対処するのは簡単だけど、いまは許してあげて、

読書が好きだという彼女の気持ちを摘まずにいるほうが、ずっと彼女のためになる気がするんだ」

　和将は二度、しみじみうなずいたあとで、

「僕はいま、きみとお付き合いすることができて、本当によかったと思っているよ」

「こうなったのは、あなたがもう一度考えてみようと言ってくれたからでもある。ありがとう」

「どういたしまして。ま、僕は何の役にも立てなかったけどね」

　そう、すべてはあの女性店員の手柄なのである。その店員が、トレイに何かを載せて運んできた。

「こちら、サービスです」

　わたしと和将の前に一杯ずつ、コーヒーの入った小さなカップを置く。

「これは?」

「カフワ・アラビーヤ。アラブ諸国で飲まれているコーヒーです」

　わたしたちが普段飲んでいるコーヒーとは、淹れ方が異なるのだという。イブリックと呼ばれる取っ手つきの小さな鍋に細かく挽いたコーヒー豆と水を入れ、煮出したのちにその上澄みの液を飲むそうだ。おおむねトルココーヒーと同じものだが、アラブ諸国ではカルダモンで風味をつけることが多いらしく、目の前のカップからもコーヒーの匂いに混じってカルダモンの爽やかな香りが漂ってきた。

「カフワ・アラビーヤは、二〇一五年にユネスコの無形文化遺産に登録されました。ベドウィンの来訪者に対してコーヒーを振る舞う習慣から、『アラビアコーヒー、寛容さの象徴』という言葉で知られているそうです」

「寛容さの象徴……」

「いまのお客さまに、ぴったりの飲み物かと思いまして」

店員はそう言って微笑む。

わたしはカップに口をつけた。砂糖が入っているらしく、苦みの向こうに甘さを感じられる。わたしの知るコーヒーとはまったく違う飲み物だけど、これはこれでおいしいいな、と思った。

「うん。悪くないね」

向かいの席で、和将も満足げだ。

「このような知識、すなわち寛容であらんとする異国の素敵な文化も、私は本から学びました。本好きの榎本さんもきっと、これからいろいろな本を読み、さらに多くのことを知って成長していくでしょう」

店員の言葉に、わたしは同意する。

「そうですね。少しでも、そんな若い人たちの力になれたらいいなって思います」

するとと、和将がわたしのスマートフォンを指差して言った。

「なら、きみがいまやるべきことは、ひとつしかないね」

わたしは彼の意を汲んで、スマートフォンに手を伸ばした。電話をかけると、相田局長は数コールで出てくれた。

『おう、どうした、徳山』

わたしは深く息を吸い込んで言う。

「異動願、取り消させてください。わたし、もっと活字推進委員会で働きたいです」

局長が、電話越しにふっと笑った。

『いいよ。これからも、がんばってくれ』

「ありがとうございます!」

見えないと知っていて、わたしは頭を下げる。和将と店員が、拍手で祝福してくれた。

東京に戻ったら、いちだんと忙しくなりそうだ。そんな予感を胸に、わたしはいま、かつてないほど使命感に燃えていた。

歌声は響かない

喫茶店の扉を開けると、懐かしい顔がこちらを振り向いた。

「いらっしゃいませ」

反応がごく普通の店員のそれであることに落胆しかけたが、自分がサングラスをかけているのを思い出した。わたしはそれを外し、彼女に微笑みかけた。

「切間さん、久しぶり。わたし、誰だかわかる？」

切間美星はカウンターの内側で、両手を口に当て、ちょっとわざとらしく驚いてみせた。

「峰岸さんでしょう。びっくりした」

彼女のこういう仕草のひとつひとつが、昔はいちいち癇に障ったな。そんなことが思い出され、わたしは苦笑する。

「そう。憶えててくれたんだ。よかった」

「当たり前じゃない。会うのは高校を卒業して以来だから、七年ぶり？　まさか、来てくれるなんて思わなかった」

「仕事で近くに来たから寄ってみたの。切間さんが京都の喫茶店で働いてるって話は、ほかの同級生に聞いてたから」

わたしはその、タレーランという名前の喫茶店の中を見回す。隅のほうでは、店員らしく見えるおじいさんが、店員らしく見えるのに椅子に座って舟を漕いでいる。あんまり流行(はや)っていないのか、週末だというのに、客はカウンターに茶髪をショートカットにした同世代の女性がひとりだけ。

その女性が、わたしを見ながらひそひそ声で切間に言うのが聞こえた。

「ねぇ美星、あの方って……」

「晶(しょう)ちゃん、紹介するね。あちら、峰岸沙羅(さら)さん。私の同級生なんだよ」

「こんにちは。峰岸です」

「初めまして。水山晶子(みずやましょうこ)です。美星とは、大学の同期で」

二人は親しい間柄に見えたが、切間は水山にわたしの話をしたことがなかったらしい。それにわたしは傷ついたような、安心したような、奇妙な感慨を抱いた。

切間はわたしに、カウンターでいいか、と確認してきた。切間に会いに来たわたしはむろん、カウンター席に座らせてもらう。足元に猫がいたのには驚いたが、わたしは動物が嫌いではないので抵抗はなかった。

コーヒーが売りのお店とのことだったので、素直にホットコーヒーを注文する。切間が淹れてくれたそれが届くと、わたしは切間に話しかけた。

「せっかくだから、昔話をしてもいい?」

「もちろんだよ。いまは、暇だから」

「実はわたし、ずっと気になっていることがあったの」

切間が目をぱちくりとする。「気になっていること？」

「切間さんと同じクラスになった当初、わたしはあなたのことが好きじゃなかった」

「うん。知ってる」

切間は苦笑する。二つ離れた席で、水山がわたしを警戒しているのがわかる。

「でも、ある出来事をきっかけに考えを改めた。そのときの話がしたいの――」

わたしはコーヒーに口をつける。ほっとしたことで初めて、自分が柄にもなく緊張していたことを知った。切間が黙って先をうながすので、わたしは高校生時分の記憶を手繰りつつ、語り始めた。


それは、高校生になって最初の一年が終わった春休みのことだった。

わたしは地元のショッピングセンターにいた。スーパーマーケット、アパレルや雑貨の専門店、さらには病院、映画館、英会話教室やカラオケ教室を主催するカルチャースクールなど、ありとあらゆるテナントが集まった巨大商業施設だ。郊外型で自宅からは距離があり、わたしはひとり、バスに乗ってそこを訪れていた。

話し声に気づいて振り返ったのは、地域のお祭りやタレント事務所主催のボーカルオーディションなど、翌月に開催される各種イベントのポスターが張られた掲示板を見つめていたときだ。

「……そんな風だから、美星はすぐ男子にからかわれるんだって」

「えー、そうかなぁ」

「ねーねー、お腹空かない？　どっかでお茶しようよ」

「いいね。フードコートにクレープのお店が……」

　春休み期間なのに制服姿の女子高生三人組が、歩いて近づいてくるのが見えた。わたしが普段着ているのと同じ制服で、よく見れば知った顔だ。

　そのうちのひとりが、わたしに気づいてちょこちょこと駆け寄ってきた。

「こんにちは、峰岸さん。こんなところで会うなんて奇遇だね」

　切間美星。同学年だから、顔と名前くらいは知っている。だけど一年生では同じクラスじゃなかったし、まともに話したこともない。なのに、彼女はわたしを無視しなかった。

　そういう女子なのだ。クラスは違えど、わたしは知っていた。切間美星は人と壁を作らず、誰にでも同じように接し、小柄で、かわいらしくて、どこか抜けているんだけど、それがかえって魅力になっている。たぶん作ったキャラクターではなくて、自然に生きているだけで人に愛される女の子。

　そんな切間が、わたしは嫌いだった。理由なんてない。自然に生きているだけで周囲と軋轢を生じがちなわたしとは相容れない、それだけのことだ。何となく、癪に障るのだ。

　切間のあいさつに、わたしは曖昧なうなずきを返した。むっとされてもおかしくない態度だったが、切間は意に介さない。

「峰岸さん、ひとり？」

「そうだけど」

「これから私たち、クレープ食べに行くんだけど、よかったら峰岸さんも一緒に来ない？」

　切間の後方に立っていた二人の女子が、戸惑いの表情を浮かべるのが見えた。彼女たちも同学年だ。が、切間と違って屈託（くったく）がある。わたしを嫌いはしないまでも、積極的に関わりたいとは思っていないらしい。

　あえてついていって、彼女たちを困らせてやるのもおもしろいかもしれない、という考えが一瞬、頭をよぎった。しかしもちろん、わたしは首を横に振った。

「行かない。わたし、用事があってここへ来てるから」

　それは事実でもあり、嘘でもある。用事はすでに済んでいた。

　切間はさも残念そうな顔をしたあとで、

「そっか。じゃあ、また学校でね」

　そう言い残し、去っていった。ほかの二人の女子から、小声で何かを言われていた。

た。


「勝手なことをするな」か、それとも「あいつ感じ悪いね」か。どうでもいい。わたしは彼女たちに背を向け、家に帰るべくバス乗り場へと向かった。

始業式の日が来て、わたしは二年生になった。

これから一年間を過ごす教室の、自分の席でぼーっとしていると、切間がこちらにやってきて言った。

「峰岸さん。今日からクラスメイトだね。よろしくね」

邪気のない笑みを浮かべている。どうやら、同じクラスになってしまったらしい。

別に、わたしだけを特別扱いしているわけではないのだ。切間は誰に対してもこういう風だ。それでも無視するのはさすがに気が引けて、わたしはぼそっと返した。

「よろしく」

それで満足したのか、切間は仲のいい友達のもとへと歩いていった。結局、その日わたしが口を利いたクラスメイトは彼女ひとりだけだった。

母校では毎年、五月の頭に文化祭が開かれていた。新しいクラスになってまだ間もない時期に、文化祭の準備と本番を通じてクラスの親睦を深めるという狙いがあったのだろう。二年生は出店のほか、全クラスで競われる合唱コンクールにも参加することになっていた。

　練習は音楽の授業の時間だけでは足りず、放課後や早朝、さらには休日にもおこなわれた。合唱コンクールの成績なんてわたしにはどうでもよかったけど、悪目立ちするのは避けたかったので一応、練習には真面目に参加した。いまにして思えば、適度にサボっておけばよかったのだろう。そういうところ、わたしは要領がいいほうではなかった。

　文化祭本番まで二週間と迫ったある金曜日の放課後、部活に入っていなかったわたしが帰宅の準備を始めると、合唱で指揮者を務める男子がぱんぱんと手を叩いて言った。

「今日も合唱の練習をしまーす。みんな、黒板の前に並んでくださーい」

　しまった、と思った。その日だけは、どうしても歌いたくなかったのだ。

　わたしはこっそり帰ろうとした。ところが教室を出ようとしたとき、わたしの腕をつかむ者があった。

「峰岸さんも、一緒に練習しようよ」

　切間だった。逃げようとしたことをとがめるというより、道を間違えた人を連れ戻すような柔らかい動作だった。

　わたしは舌打ちをして、彼女を振り払うべきかどうか考えた。しかしそのときには、教室にいる少なからぬ生徒がわたしたちのほうを見ており、事を荒立てたくなかったのであきらめた。そのまま切間の隣に並び、合唱の練習が始まる。

　仕方なしに、わたしはCDラジカセから流れるピアノの伴奏に合わせて口パクをした。クラスメイトは四十人いるから、バレないと思ったのだ。だが三十分ほど経ったところで、指揮の男子が突然わたしの名を呼んだ。

「峰岸さん。ちゃんと歌って」

　わたしは黙り込んだ。男子は続けて糾弾する。

「ずっと口動かしてるだけで、歌ってないよね。さっきも帰ろうとしてたし、そういうのよくないと思う」

　どうやらわたしは、切間に腕をつかまれたときから、彼に目をつけられていたらしい。

　そもそもわたしはこの手の、クラス一丸となることを強制される学校行事が大嫌いだった。やりたい人だけで勝手にやればいい。邪魔をしているわけではないのだから、そっとしておいてくれればいいのに。こんな性格だから友達が少ないことも、何ごとも楽しめないせいで損をしていることもちゃんとわかっていて、けれどもわたしは、やらない自由を主張するほどの胆力もなく、苛立ち（いらだ）を募らせながらもじっと耐え続けるという道を選んできた。

とにかくこの場をやり過ごさなければならない。わたしは深く息を吸い込み、釈明した。

「ごめんなさい。風邪気味で、喉が痛くて」

しかし、ほかの女子がすかさず口をはさむ。

「嘘だよ。峰岸さん、今日の昼休み、音楽室で何か歌ってたじゃん。あたし、たまたま通りかかって耳にしただけだけど、喉の調子が悪いなんて感じじゃなかった」

あれを聞かれていたのか。わたしは下唇を噛む。

わたしをかばってくれる生徒は、このクラスにはいない。それは、友達を作ろうとしてこなかった自分のせいなのだ。

「どうして真面目に歌わないんだよ。理由があるなら説明してもらえる？」

再び指揮の男子に詰め寄られ、わたしはうつむいた。本当のことなんか死んでも言いたくない。でも、それ以外に切り抜ける術(すべ)はなさそうだ——。

そう、思ったときだった。

「私が歌わないでって言ったの」

わたしの隣で、そんな声が上がった。

「切間さん、どういうこと？」

指揮の男子が問いただす。切間はわたしを一瞥して、何食わぬ顔で続けた。

「はっきり言っちゃうけど、峰岸さんって音痴なんだよね。それで私、つられちゃうからあんまり大きな声で歌わないでって、峰岸さんにお願いしたの。そしたら峰岸さん、練習サボって帰ろうとしたから、歌わないからってサボるのはだめだよって引き止めたの」

でたらめだ。そんなこと、わたしは切間から一言も言われていない。

音楽室の件に言及した女子が、当惑気味に反論した。

「でも峰岸さん、昼休みに歌ってたときは音痴じゃなかったよ……」

「音痴だから、歌の練習してたんだよ。合唱曲は練習が足りなくて、まだ歌えないみたい。本番までには、音を外さないで歌えるようにちゃんと練習してきてくれるよね？」

切間にいきなりそう問われ、わたしは思わずうなずいていた。まわりからは切間がわたしに対してひどいことを言っているように聞こえたはずだが、彼女のキャラクターがきつさを感じさせなかったのだろう。切間に対する非難の声は、誰からも上がらなかった。

「そういうことなら……まぁ、音痴はしょうがないね。これから練習してくれるなら、今日のところは歌わなくていいよ」

合唱が乱れるのを避けたかったからだろう、指揮の男子はわたしが歌わないことを容認した。わたしは口パクを続け、その日の練習は一時間ほどで終了した。

クラスメイトたちが散り散りに帰り始めると、わたしは切間を捕まえて、ひとけのない廊下へと引きずっていった。

「どういうつもり？　わたしを助けてくれたんだろうけど、あんな口から出まかせ言って」

わたしの詰問に、切間は困ったように笑いながら、

「私が引き止めたせいで峰岸さんを窮地に追いやってしまったから、責任感じてつい……」

「単なる同情？　わたしの口パクを認めさせるくらいなら、初めから引き止めなければよかったのに」

「ごめんね。私、よかれと思ってあなたを練習に参加させたの。そのほうが、早くクラスになじめるんじゃないかって」

「余計なお世話」

「まったくだね。でも私、途中でわかった。峰岸さんが、歌っていなかった理由」

虚を衝かれ、わたしはたじろいだ。

「わたしが歌わなかった理由が、わかった？」

切間はこくんと首を縦に振り、告げた。

「峰岸さん、明日開かれるボーカルオーディションに出場するつもりなんでしょう」

　わたしは絶句した。そのとおりだったからだ。

「それで、喉のコンディションを調整するために、必要以上に歌いたくなかったんじゃないかって……」

「待ってよ。どうしてわかるの、わたしが明日のオーディションにエントリーしているだなんて」

　切間は自分の考えが当たっていたらしいことに安堵したようだった。

「春休みに、ショッピングセンターでばったり会ったよね。あのとき峰岸さん、掲示板を見つめてた。そこに、ボーカルオーディションの参加者を募集するポスターが張られていたのを憶えてたの。開催日、明日だったなって」

「たったそれだけのことで？」

「あのショッピングセンター、カルチャースクールでカラオケ教室やってるよね。たぶんあのオーディションのポスターも、そこの生徒さんにアピールしてたんじゃないかと思ったの。峰岸さん、そのカラオケ教室にかよってるから、あそこにいたのかなって」

「知ってたの？」

「知らないよ。想像しただけ」

へらへらしている切間のことを、わたしは気味悪く感じ始めていた。

「昼休みに歌の練習をしてたのも、明日の本番に備えてのことだったんでしょう。それならなおさら、合唱の練習なんかで喉を疲れさせたくはないよね」

「それに気づいたから、わたしを助けたのね」

「うん。今日に限って峰岸さんが歌わない理由、それくらいしか考えつかなかったから。もし今日合唱の練習をしたせいで明日のオーディションの結果が振るわなかったら、引き止めた私が恨まれちゃう。だから、ね」

わたしはため息をついた。いつも自然に振る舞っているように見える切間が、こんな鋭さを内に秘めていたとは思いもよらなかった。

もはや彼女には隠す必要もないだろう。わたしは語り出す。

「わたし、小さいころから歌手になるのが夢だったの。それでカラオケ教室にもかよって、ずっと歌の練習してて。明日のオーディションは、決して規模が大きいものじゃない。あんな地方のショッピングセンターにポスター張りに来るぐらいだからね。でも、だからこそチャンスがあると思った。わたし、懸けてるの」

「でもそれを、みんなの前で説明することはできなかったんだね」

「わたしみたいな、友達もいない女が歌手に憧れてるなんて言ったら、どんな風にバカにされるかわかったもんじゃない。わたし、有名な歌手になって、自分に冷たくしてきたやつらを見返してやりたいと思ってる。だから、本当に歌手になるまではその夢を宣言する気なんてなかった」

切間はまた、困ったような表情になった。

「峰岸さん、自分で思ってるほどみんなに嫌われてないよ」

「みんなから好かれてるあなたに言われても、嫌みにしか聞こえない」

「峰岸さんが歌うのは、誰かを見返すためなの？　誰かを感動させるためじゃなくて？」

わたしは言葉に詰まった。

「私、真剣な峰岸さんを応援するよ。でもそれが、結果的に誰かをやりこめることにつながるのなら、応援はしたくない。歌って、そういうものじゃないと思うから」

少しのあいだ、口をつぐんでいた。そしたら切間が目に見えて慌て始めたから、だんだん笑えてきた。

「あなたには、誰かを見返したいって気持ちがないのね」

「そんなこと、ないけど」

「でも、そうだね。悔しいけど、あなたの言うとおり。正論振りかざされて正直ムカついてるけど、まぁ、さっき助けてもらった恩もあるしね」

わたしは切間の肩に手を置いた。

「ありがとう。おかげで明日のオーディション、万全の状態で臨めそう」

「それならいいんだけど……」

「安心して。もう、誰かを見返すために歌うのはやめるから」

それでやっと、切間は笑みを取り戻した。

「うん。がんばってね」

——その日を境に、わたしは切間を見直して、彼女に心を許すようになったのだ。


「……翌日のオーディションにわたしは合格し、プロの歌手としての道を歩み始めた。そして、いまも歌い続けてる」

わたしが言うと、水山がたまりかねたように口を開いた。

「やっぱり、ＳＡＬＡさんですよね。見たことあると思った」

ＳＡＬＡはわたしの歌手活動の名義だ。それなりに売れているし、地上波の音楽番組にも出演したことがあるから、顔を知られていてもおかしくはない。だからわたしは、普段はサングラスをかけているのだ。

「高校を卒業すると同時に、峰岸さんは遠くの世界へ行ってしまったような気がしてた。私からは連絡を取ることもなかったけど、あの日からずっと応援してたよ」

切間が食器を磨きながら微笑む。高校生のころとはどこか違って見える。大人びたというより、陰があるような感じだ。彼女もまた、わたしの知らないところでさまざまな経験を積んだのだろう。

「それで、気になっていることって何？」

切間が水を向ける。それを確かめるために、わたしは今日、ここへ来たのだ。

「たぶん、切間さんは人より鋭いところがあるんだと思う。だとしても、思い返すと何だか変だなって」

「変？」

「ポスターを見かけてオーディションのことを憶えていた、そこまではまだわかる。だけど、期日なんて憶えているのはおかしいでしょう。どうしてあのとき、そんなことまで思い出せたのか」

当時は切間の鋭さのインパクトが強く、細かい点はどうでもよくなっていた。しかしあとになればなるほど、あれは鋭いとかそういう次元の話ではないように思われてきたのだ。

「ねぇ、切間さん。種明かしをしてよ。本当は、ほかにも何か知ってたんじゃないの」

わたしはカウンターに身を乗り出す。と、切間が苦笑いを浮かべた。

「なんだ、そんなこと……まぁ、いまさら隠さなくてもいいか」

「隠すって、何を」

「単純なことだよ。あのオーディション、実は私もエン、トリー、し、てたの」

あごが外れるかと思った。

「美星、歌手になりたかったの？　初耳なんだけど」

水山が噴き出す。切間は顔を赤くしていた。

「ちょっとだけだよ、ちょっとだけ……歌うのは好きだったから。自分では、それなりに上手だと思ってたし……もしかすると、オーディションに受かって歌手になれるかもしれないなんて夢見ちゃって。若気の至りってやつ」

「でも切間さん、オーディション会場にいなかったじゃない」

「出場を取りやめたからね」

「なんで。だいいち、わたしの夢を暴いておいて、自分のことは何も教えてくれなかったなんてずるい」

「だって、言えなかったんだよ」

切間はわたしの顔を正面から見つめる。続く言葉でわたしは、彼女もまた、わたしとは違う形で真剣だったのだ、ということを思い知らされたのだった。

「私は、自分のちっぽけな夢を恥じたんだ――オーディションの前日だからって、合唱の練習さえ控えるほど真剣な人を目の当たりにして、さ」

ハネムーンの悲劇

1

「あらためて、頭からお話しいただいていいですか」

喫茶店のテーブル席で、三浦真琴は右手に持ったペンをくるりと回した。

向かいの席には、今日初めて会う女性が座っている。二十八歳とのことだが、若く見積もっても五つは上に見える。ふくよかな体型に似合わず神経質そうであり、表情は暗く、ベージュに小花を散らしたワンピースも、隣の椅子に置いたバッグに白いお守りをつけているところも、どことなく野暮ったかった。

ここは京都市内の喫茶店。五月下旬の日曜日、時刻は午後三時。真琴はいま、取材対象者の女性と差し向かいで話している。

真琴は東京の出版社が刊行するオカルト月刊誌『トナノ』の編集長を務めている。普段は東京で活動し、雑誌を作るだけにとどまらず、その豊富な知識を活かして各種メディアにもたびたび出演しているが、編集部員は少数精鋭で回しているため、興味を持ったネタにはこうして編集長みずから取材に出向くこともめずらしくない。

というと多忙な側面ばかり強調されかねないが、真琴はこの仕事が好きだった。彼女自身が、オカルトを心から愛している。まさしく趣味が実益になっていて、もちろんここに至るまでに紆余曲折はあったけれども、いまではこんな恵まれた人生はないだろう、天職だ、と感じられるようになった。

若いときからオカルトに関心があった。ただ周囲の理解を得るのは容易ではなく、ことに恋愛対象としての異性にオカルト趣味を打ち明けると、下げ潮のように引いていくか、さもなくば現代科学の知識——それも、往々にして非常に浅薄な——で論破しようと挑んでくる者が大半であった。気がつけば編集部でも一番偉くなり、未婚のまま年内には四十路に足を踏み入れようとしている。

二十代のころには別の出版社に勤めていたものの、あることがきっかけで退職後、精神を病んで働けなくなった。生きているのか死んでいるのかさえ曖昧な日々を過ごす中で、かねて好きだったオカルトに救いを求めるようになり、幽体離脱実験や海外製のハーブなどさまざまな体験に手を出してはレポートを書いてウェブ上にアップしていたら、トナノ編集部の目に留まって拾い上げられた。そこからは水を得た魚、獅子奮迅の活躍で、編集長の座に上り詰めるまでさしたる時間はかからなかった。

今回の取材の発端は、トナノ編集部に届いた一通の手紙だった。

通読して真琴は、そこに書かれていることが事実ならば興味をそそられる案件だと感じた。そこで、差出人の住む京都までやってきて、直接話を聞くことにしたのだ。

古民家の裏で人目を忍ぶようにして営業しているこの喫茶店を、取材の場所に指定したのは真琴だ。手紙の中に、差出人がコーヒー好きだというくだりが出てきたので、京都市内でおいしいコーヒーを出すと評判の店を調べたのだ。アクセスにやや難がある点が気がかりだったが、相手の住む京都市左京区から近く、いざ来てみると店の雰囲気は悪くない。内装はレトロで、客席どうしの距離にゆとりがあるのもいい。女性店員がひとりで動き回り、隅で老人が——あれは店の人間なのだろうか？——新聞を読んでいる。よく見ると、窓際には丸まって眠るシャム猫の姿もあった。

店員がサーブしたコーヒーを口に含み、手紙の差出人——加納七恵（かのうななえ）は語り出す。

「姉夫妻が交通事故に遭ったのは、いまからおよそ半月前、五月の初めの土曜日のことでした」

「では、その日が」

真琴の確認に、七恵はうなずく。

「ええ——二人がハネムーンに出発する、当日の朝だったのです」

2

私たち姉妹の生まれ育った実家は、大阪市内にあります。

見てのとおり、私は幼いころから太っていて、顔もかわいくありませんでした。すでにお伝えしてあるように、今年で二十八歳になりましたが、生まれてこの方、正式な恋人さえできたことのない女です。

でも、二つ上の姉の海鈴は私と違って、かわいらしい女の子でした。特別なことをしているわけではないのに、異性からも同性からも好かれる姉のことを、妹としてやっかんだ時期もありました。でも、姉妹仲はずっとよかったんです。姉はこんな私のことをいつもかわいがってくれたし、私も人気者の姉が誇らしく、将来はとびきり素敵な男性と結婚するのだろうと、何の疑いもなくそう思っていました。

そんな姉も三十歳を迎えた今年、ついに結婚しました。

お相手は臼井太一さん。交際を始めて間もないころ、姉に紹介されて三人で食事をしたことがあります。優しくて誠実そうな男性でした。

結婚式は先月の終わり、二人の住む大阪市内にあるチャペルで執りおこなわれました。本当に素敵な式でした。姉も太一さんも、これ以上ないってくらい幸せそうに見えました。

姉夫妻が新婚旅行でハワイへ行くことになっていたのは、その一週間後でした。

私は海外に行ったことが人生で一度もないので、姉がハワイへ行くのがうらやましくて。深い意味もなく「えぇなぁ」ってつぶやいたら、姉がこう言いました。

「七恵には、コーヒー豆を買うてくるわ」

私がコーヒー好きなのは、このお店を指定してくださった三浦さんならご存じですよね。

恋人はおろか友人も少なく、一人で過ごす時間の長かった私は、いつしか喫茶店で本を読んだり音楽を聴いたりするのが趣味になり、その影響でコーヒー好きになったのです。自宅では毎日、ちゃんと豆を挽いて淹れたコーヒーを飲みます。両親はともにコーヒー嫌いなので、いったい誰の遺伝子なのだろう、なんて家族にはからかわれたりもするのですけれど。

ですから高級なハワイコナのコーヒー豆は、私にとって憧れで、もちろん国内で飲んだことはありますけれども、いつか現地で味わってみたいものだと常日頃考えていました。

姉が買ってきてくれるコーヒー豆を、私は楽しみにしていました——口ではむろん、「気い遣わんでぇぇよ」と言いましたけれど。

新婚旅行は七日間の予定でしたから、荷物が多くなるということで、姉からは出発の日の朝、夫婦で暮らす自宅からタクシーで関空（かんくう）へ向かうと聞いていました。その、タクシーでの移動中に、悲劇は起きてしまったのです。

早朝で車通りも少なく、速度を出しやすい時間帯でした。前夜の飲酒でアルコールが残った状態のドライバーの運転する車が、信号無視をして姉夫妻の乗るタクシーに脇から突っ込みました。

義兄と相手方のドライバーは即死、姉も意識不明の重体でした。姉夫妻は幸せの絶頂から一転、どん底へと叩き落とされてしまったのです――。

うっ……ごめんなさい。ちょっと吐き気が……思い返すと、どうしてもつらくて。ええ、もう大丈夫です。ご心配おかけしてすみません。続けますね。

姉の海鈴は大阪市内にある総合病院の集中治療室に収容され、丸二日にわたって生死の境をさまよいました。医師からは一時、最悪の事態を覚悟してほしいと言われていたほどです。けれども医師たちの懸命な治療の結果、姉は二日後の昼に意識を取り戻しました。

病院からの知らせを受け、私たち家族は姉のもとへ飛んでいきました。あまりにも無慈悲な現実でしたが、せめて姉の命が助かっただけでも、私は本当によかったと思っていたのです。これからの姉を支えるのは私たち家族の役目、そう覚悟を決めていました。

病室に着いたとき、姉は人工呼吸器や何本もの電極につながれたまま、うつろな目で天井を見つめていました。私や両親の顔を見ても、何の反応も示しません。

「お姉ちゃん、わかる?」

私は思わず問いかけました。姉は注意して見なければ気づけないほど小さな動作で、一度だけうなずきました。

痛ましい様子の姉を前に、私も両親も、何から説明すればいいかわからず途方に暮れていました。すると突然、姉がはっと目を見開いて、母に向かって言ったのです。

「太一さんは?」

姉には事故の記憶があるようでした。母は吐息を震わせながら、静かに首を横に振りました。

そのときの姉の表情を、私は生涯、忘れることができないでしょう。

「いや……太一さん……いやあああああああ!」

姉は錯乱し、暴れ出しました。私たち家族が体を押さえていなければ、人工呼吸器や電極は外れ、ベッドからも落ちていたことと思います。

「落ち着いて、お姉ちゃん!」

私は叫びましたが、姉の耳には届きません。姉は悲鳴を上げ続け、それはしだいに、意味のある言葉へと変わっていきました。

「なんで。なんでよ……一緒に幸せな家庭を築こうって言うたやないの。ずっとそばにいるよって、約束してくれたやないの。太一さん、ねえ、太一さんってば……」

そこまでは、私も親も、涙ながらに聞き入ることしかできませんでした。

——ところが、です。

姉は続けて、妙なことを口走り始めたのです。

「新婚旅行のときだって、すごくうまくいってたのに。帰りの飛行機で楽しかったねって言ったら、これからはずっと楽しいのが続くよって言うてくれて、そうやなって思えてうれしかったのに。なんで……」

――新婚旅行のとき？

私は耳を疑いました。それで、姉に訊ねたのです。

「お姉ちゃん、新婚旅行のときって、どういうこと？」

そのときだけ、姉は正気を取り戻したみたいな眼差しになって、答えました。

「そのままの意味やんか。ハワイで太一さんと過ごした時間は、ほんまに幸せやった――」

私たち家族は、困惑するしかありませんでした。

私は、事故のショックで姉の記憶が混乱してしまっているのだろうと考えました。残酷なことと知りつつ、それでも私は、姉に事実を告げたのです。

「あんな、お姉ちゃん。お姉ちゃんたちは、新婚旅行に出発する日の朝、関空へ向かうタクシーに乗ってて、事故に遭ったんやで」

すると、姉は体を小刻みに震わせました。

「嘘や……七恵、あんたなんでそんな嘘つくんよ」

「私、嘘なんかついてへん」

「嘘、絶対嘘や！　だってわたし、ハワイでの出来事を全部憶えてる！　ダイヤモンドヘッドに登ったことも、ラニカイビーチで泳いだことも……事故に遭ったのは、新婚旅行が終わって無事に帰国して、空港から帰るときに乗ったタクシーやんか」

姉は、以前にもハワイへ行ったことがありました。だからその時点では、私は姉が新婚旅行に憧れるあまり、過去の経験と混同してしまっているのだろう、と受け止めました。ところが――。

「全部憶えてるって。ノースショアで食べたかき氷の味も、アラモアナでショッピングをしたことも……そうや」

すがるように、姉はこちらを見て言いました。

「タクシーのトランクに、お土産が入ってたやろ。家族の分と友達の分、職場にも要る思ってアラモアナでいっぱい買い込んだんやから」

この問いには、事故の事後処理に対応した母が答えました。

「お土産なんてあらへんよ。トランクに入ってたんは、あんたたちのキャリーバッグだけやった」

「そんな……」

すでに苦悶（くもん）で満たされていた姉の顔に、さらなる絶望が広がっていきます。

私はしだいに、何も姉が意識を取り戻したばかりのこのタイミングで真実を告げなくてもよかったのでは、と思い始めていました。姉だって、事故のショックがある程度和らげば記憶の混乱もおのずと収まるのではないか、そのときにあらためて教えればよかったのでは、と悔やんだのです。

姉はまだ、あきらめきれない様子でした。何かを思い出したように、息を吞んで続けたのです。

「そんなら、キャリーバッグは開けた？」

「それは、まだやけど……」

母いわく、両親が回収して実家で保管してあるキャリーバッグにはロックがかかっており、姉の設定した三桁の暗証番号がわからず開けられなかった、とのことでした。

姉の海鈴は、母ではなく私のほうを向いて言いました。

「帰国の前日に、ハワイに新しくできたっていう、人気のロースターに行ったんよ。七恵に、コーヒーを買って帰るって約束したから」

姉がどんなに必死に訴えても、私は憐れみの眼差しを返すことしかできませんでした。

「キャリーバッグを開けてみて。コーヒー豆は、そん中に入れてある」

そして、姉はキャリーバッグを開けるのに必要な三桁の暗証番号を告げました。

姉の発言を、真に受けた家族はいなかったでしょう。それでも母が「わかった、帰ったら確かめてみるわ」と応じると、姉はようやく少し落ち着いて、そのうちに眠りに落ちました。

両親には意識を取り戻した姉のために、済ませなければならない手続きなどが控えていました。時間がかかりそうだったので、私は先に帰っていいと言われました。最近まで、私は実家に住みながら大阪の会社に勤めていましたが、知り合いが京都で新しい仕事を紹介してくれたので、先月実家から京阪（けいはん）電車で一時間ほどかかる京都市内のアパートへと引っ越したばかりだったのです。それも、姉が人生の節目を迎えたのに触発されたというのが大きかったのですけれど。

言われたとおり、私は帰ることにしました。京阪電車で京都へと戻るあいだも、姉が意識を取り戻してくれた安堵と、太一さんが帰らぬ人となってしまった悲しみ、姉の記憶の混乱に対する憐憫（れんびん）などが代わる代わる襲いかかってきて、どうかすると私までおかしくなってしまいそうでした。

家に帰り着いたのが、夕方の四時ごろだったでしょうか——そしてその日の晩、八時過ぎのことです。私のもとに、母から電話がかかってきました。

『七恵ちゃん、ちょっといまからうちに来てくれる？』

その声は、明らかに戸惑いを含んでいました。

「どうしたん？」

『海鈴ちゃん、あんなこと言うてたやろ。せやから一応、さっき家に帰ってきてすぐ開けてみたんよ。あの子のキャリーバッグを』

「うん。そんで？」

『あったわ』

何が、と訊ねようとする喉が渇いて声になりませんでした。

母は私に、とうてい信じがたいことを言ったのです。

『キャリーバッグに入ってたんよ——ハワイでしか買えへんはずの、コーヒー豆が』

3

「これがその日、母から受け取ったコーヒー豆です」

七恵が銀色の袋をテーブルに置く。縦長で、未開封だと一目でわかる。

真琴は断ってから袋を手に取る。表面に貼られたロースターのラベルには、上部に赤くてかわいらしい鳥の絵が描かれており、その下にロースターの名前だろう、『Iiwi Coffee』とロゴが記されていた。聞いたことがある。イイヴィはハワイ諸島の固有種で、ハワイの環境保護を象徴する鳥ともされているはずだ。

ラベルの下部には『NET 200g』、そして『PRODUCTION DATE』の文字があり、その下に今年の西暦を表す四桁の数字と、五月を表す『MAY』という三文字のアルファベットが手書きされた小さなシールが貼られていた。袋を裏返すと、上部にはバルブがついている。質にこだわるロースターなのだろう、と真琴は見当をつける。

「行ったはずのないハネムーンのお土産が、キャリーバッグの中に入っていた……」

コーヒー豆の袋をためつすがめつしながら、真琴はつぶやく。

実話ならば、とんでもないことだ。今日の取材に際し、真琴は報道などをあたって海鈴夫妻の事故の情報を最低限、頭に入れている。そこで知った事実と、七恵の話のあいだに齟齬はない。

しかしもちろん、情報提供者の話を頭から真に受けて記事にするわけではない。このエピソードを記事にして掲載した場合、七恵には些少ながら謝礼を支払うことになる。だから謝礼目当てで、ただの作り話を持ってくる輩はあとを絶たない。が、その支払いを惜しむよりもなお大事なこととして、でっち上げに騙されて記事を掲載すればトナノの権威は堕ちる。編集長として、無責任な真似はできない。

だから真琴は、オカルトに関する体験談などを聞く場合、どのような話であっても原則として六割から七割程度の感覚で信じることにしていた。言うまでもなく、何もかも疑ってかかれば仕事にならないし、反対に何もかも真に受けたら信用を失う。これはどう考えても嘘だろうと見くびっていたことが、のちのち事実だったと判明したケースも一度や二度ではないのだ。

要するに、自分の直感なんてものはあてにならないので、話を精査し、矛盾点があればそこを突くなどして信用に足るか否かを判断するとともに、取り上げると決めたのであれば読者にも信じてもらえるよう説明を尽くす義務がある。その舵取り(かじと)には経験とセンスが求められ、真琴も度重なる取材と記事の執筆の中でそうした能力を培ってきた。

「加納さん、ありがとうございます。ところで、どうしてうちの雑誌に情報をお寄せくださったんですか?」

真琴はもともと、必要以上にかしこまった態度を取るのがあまり好きではない。むしろ、フランクに接することで相手の本音を引き出すコミュニケーションを得意としている。

けれども七恵は、それを躊躇(ちゅうちょ)してしまうほどに重苦しいオーラをまとっていた。無理もない、実の姉が重大事故に遭ってしまい、しかも義兄を亡くしたばかりなのだから。自分より一回りも歳下の女性に対し、これほど接しづらいと感じる機会は、さまざまな相手に取材を繰り返している真琴でも絶えてなかった。

少量のコーヒーを舐(な)めるように啜(すす)り、七恵は答える。

「こんな話、誰も信じてはくれないでしょう。事故に遭った姉はもとより、私まで頭がおかしくなったと思われるのがオチです」

否定はできない。この手の話に関して、自分と同じようには一般大衆が受け取らないことを、真琴は知り抜いている。

「でも、実物を手にした私は、姉の話を信じざるを得ませんでした。確かに姉は、太一さんとハワイでのハネムーンを満喫したんです。そのコーヒー豆が証明している。だから、この現象に説明をつけてくれる相手を探していて」

「それで、トナノに行き着いた、と」

「常識では考えられないことが起きているとは、私も当然ながら認識しています。私がいくら実話だと主張したところで、聞き手は鼻白むだけでしょう。でもトナノの方ならきっと、この現象に合理的な説明をつけてくださるのではないかと思いまして。トナノには、もっと不思議な出来事がたくさん取り上げられているようですから」

それは謙遜と言っていい。今日聞いた話以上に不可解な出来事を、トナノで紹介したことは山ほどある。が、真琴の感じ方によれば、この件は一般の情報提供者から聞いたエピソードとしてはじゅうぶんすぎるほどに強烈だった。

「わたしの考えをお話しする前に、いくつか質問してもよろしいでしょうか。加納さんのお話を疑っているわけではなく、あくまでも間違った仮説を唱えないために必要な手順であることをご理解ください」

そう前置きをしておかないと、「信じないのか」と逆上する取材対象者もめずらしくないのだ。

七恵はうなずきながらも、不安そうにバッグのお守りをもてあそんでいる。よく見るとお守りには何かの柄がついている、あの白いのはうさぎだろうか。

「加納さんを含むご家族が新婚旅行の日程を勘違いしていた、もしくは急な日程の変更を把握していなかったということはありませんか？　つまり、お姉さん夫妻は本当にハワイへ行ってきたのではないか、と」

「ありえません」七恵はきっぱり否定した。「出発の前日、実家に集まって家族みんなで食事をとったんです。私にコーヒー豆を買ってくると言ってくれたのも、その日のことでした。姉は旅先で何かあったときのために、宿泊するホテルや旅程などを家族に伝えておきたかったようです。その日、姉の写真を撮りました」

七恵がスマートフォンにその写真を表示する。写真の中の女性は白いハットを被っていて、ハワイで使おうと思って買ったのだと自慢していた、と七恵は語った。その向こうにあるテレビには、日本のバラエティ番組が映し出されている。

写真に記録された撮影時刻を確認すると、間違いなく報道された交通事故の前夜である。テレビに映っている番組の放送時刻とも一致していた。写真をじっくり見せてもらうが、加工された形跡もない。

事故があまりに悲劇的だったからだろう、メディアの中には海鈴夫妻の顔写真つきで報じているものもあった。それによって真琴が見知った海鈴と、七恵の見せた写真の女性はまぎれもなく同一人物だった。

出発の前日に国内で会っているのであれば、新婚旅行からの帰りに事故に遭った可能性は消える。さすがにこの仮説は苦しかった。

「では、もっと早くにハワイ旅行を済ませていた可能性は？　コーヒー豆の袋のシールからは、五月であることがわかるだけで、日付までは記載されていませんよね」

「姉も義兄も、新婚旅行に出発する直前まで不審な欠勤などがなかったことは確認が取れています。だいいち、どうして姉が私たち家族にそのような嘘をつくのです？」

「それはわからないけど、可能性のひとつとして……」

「百歩譲って、姉にのっぴきならない事情があり、予定していた新婚旅行の前にハワイへ行っていたのだとしても、あの日の朝に乗ったタクシーが事故に遭ったのは完全に相手方のせいですよ。しかも、その相手方のドライバーは亡くなっているんです。あらかじめ仕組まれたことだったと見るのは無理がありますす」

反論できない。事前にハワイへ行ってコーヒー豆を入手し、それを入れたキャリーバッグとともにタクシーに乗り込み、空港へ向かう途中で事故に遭い、新婚旅行の帰りに事故に遭ったと嘘をつく。これらすべてを計画し実行するのは、いかに切実な目的があったとしても、限りなく不可能に近い。

では、家族に黙って新婚旅行を早めたのは意図的でも、事故は偶発的だったというのはどうか。この場合も、隠し通したければそもそも新婚旅行に行ったなどと主張しなければよかったのではないか、またキャリーバッグをタクシーに載せてどこへ向かっていたのか、という疑問が残り、考えられないと結論せざるを得ない。

「お姉さんは事故により意識を失い、救急搬送されたのですよね。キャリーバッグを開ける機会はなかった？」

「はい。近くのお店の防犯カメラに事故の模様が映っていたのですが、事故に遭ったタクシーから姉が自力で降りてくることはありませんでした」

ならば、現地へ行く以外の方法で入手していたコーヒー豆を、新婚旅行に行ったと偽るため、事故後にキャリーバッグに忍ばせることもできなかった。だが、動機をいったん棚に上げるとすれば、忍ばせたのは事故後とは限らない。

「目的は不明ですが、事前に入手したコーヒー豆をキャリーバッグに入れてあったことを利用して、お姉さんが嘘をついている可能性は残ります。キャリーバッグの中に、ほかにハワイへ行ったことを示すものは入っていませんでしたか？　たとえば観光地のチケットやパンフレット、あるいはほかのお土産など」

「……残念ながら、母によればそういったものはなかったそうです。ただ、先ほどもお話ししたとおり、姉はコーヒー豆以外のお土産をキャリーバッグとは別に持ち運んでいたと話しているので、そちらに現地でしか手に入らないものをまとめてあったのかもしれません。それが、どこかのタイミングで姉と離れ離れになってしまったのでは、と」

七恵は、姉の海鈴が事故の瞬間に新婚旅行出発の日の朝まで時間を引き戻された、と考えているらしいことがうかがい知れた。お土産その他をまとめたバッグないし紙袋は、その際に海鈴とは別の運命をたどった――離れ離れになった、と言いたいのだろう。

「キャリーバッグには、コーヒー豆以外のものも入っていたわけですよね」

「ええ。主に衣類が。貴重品などは、ショルダーバッグに入れてあったようですので」

「その衣類の様子はどうだったんですか。つまり、ハワイからの帰りなのであれば、出発のときと同じようにきれいではなかったはずだと思うのですが」

この問いに対する答えは、真琴の予想を裏切っていた。

「一部の衣類や下着に、着用感があったそうです」

「着用感、というと」

「母いわく、服や下着には、一度着たことがわかるだけのにおいが染みついていた、とのことでした。もっとも、すべてではなく、洗濯後の清潔な香りをさせていた服もあったそうです。それについて姉は、滞在が長かったので途中で一度、ホテルのランドリーで洗濯をした、と説明しているとか」

海外旅行中に衣類を洗濯することは特段めずらしくもないだろう。そっちはいいとして、着用感があったというのはどういうわけか。キャリーバッグは事故後、実家に保管されており、暗証番号がわからず開けることはできなかった。海外へ持っていくものならばＴＳＡロックは搭載していただろうが、一般人に開けることができたとも思われない。

いや、暗証番号なら総当たりすればじきに開く。少なくとも、実家に住む両親にはキャリーバッグを開ける機会があった——。

そこまで考えて、真琴は首を横に振る。両親が仕込んだことなら、そもそも着用感のくだりは何とでも言える。しかしコーヒー豆は、現実にここにある。ハワイのロースターのコーヒー豆を、海鈴の話を聞いたその日のうちに用意できたとは考えにくい。

「ご両親が最近ハワイへ行かれた、なんてことは？」

念のための質問にも、七恵は淀みなく答えた。

「ありません。海外旅行に積極的な家庭ではないから、私もこの歳まで日本を出たことがないのです」

「親戚やご友人から、お土産としてコーヒー豆を受け取っていた、とか……」

「すでにお伝えしましたように、私と違って両親はコーヒーを飲みません。うちの親にお土産としてコーヒー豆を渡す人はまずいないと思います」

では、両親はシロか——だが、ほかにもコーヒー豆を入手するルートは存在しうる。

「このイイヴィコーヒーというロースターについて、加納さんはどの程度、調べられましたか？」

「少しだけ……一年ほど前にオープンして、たちまち行列ができるほどの人気になった、新進気鋭のロースターだと聞きました。豆はすべて注文を受けてから焙煎を開始するほどのこだわりようだそうで、日本では最新のガイドブックでたびたび取り上げられているので、日本人観光客のお客さんも多いのだとか」

「日本に出店していたり、通販で豆を買えたりといったことは……」

「ありませんでした。現地でしか手に入らないものです」

証言の裏を取るのも編集者の仕事だ。真琴は七恵に断ってスマートフォンで検索してみた。すぐに、イイヴィコーヒーの英語のホームページやＳＮＳのアカウントが見つかる。

「本当だ……注文を受けてから焙煎するなど、お店の紹介は事細かに記されていますが、国外出店や通販に関する情報は一切見あたりませんね」

再びペンをくるりと回し、真琴はここまでに得た情報を整理する。

キャリーバッグは実家に保管されており、開ける機会のある人物は両親しかいなかった。一方で、今年の五月に焙煎されたイイヴィコーヒーのコーヒー豆を、海鈴が目を覚ましたその日のうちに入手する方法はなかった。そもそも海鈴がコーヒー豆のことを言い出すとは誰にも予想しえなかったはずであり、したがって事前に用意しておくことはできず、両親はコーヒー嫌いで偶然豆を持っていたというのもありえなかった――。

「なるほど。これは、オカルトですね」

真琴は結論を出す。七恵が、初めて頰を緩めた。

「信じてもらえてうれしいです」

「こちらこそ貴重なお話を聞かせてくださり、光栄です」

「どうでしょう。この現象に、見解はございますか?」

それを聞くのが、七恵の一番の目的だったはずだ。真琴は居住まいを正した。

「そうですね。いくつか考えられますが、まずは量子力学が関係しているのでは、と」

「量子力学……ですか。聞いたことはありますけど……」

「量子というのは、ざっくり言うと小さな小さな物質のことです。この量子は、およそ一般の人が想像するのとはかけ離れた性質を持っています。たとえば、小さすぎて物体を通り抜けたり、人に観測されることによって動きを変えたり。シュレーディンガーの猫、という言葉はご存じですか？」

「箱の中に入っている猫は、箱を開けるまで生きているか死んでいるかわからない、というあれですよね」

「はい。でもあれは、単にどっちかわからないことを意味するわけではなく、量子力学の分野の思考実験です。猫の生死は、観測者が箱を開けて観測することによって、初めて確定する。それまでは、猫が生きている状態と死んでいる状態が混じり合っている、というものなんです」

「はぁ……」

　七恵の呼気には戸惑いが表れている。

　好きなジャンルの話になると、饒舌になるのは悪い癖だ。咳払いをして、真琴は仕切り直す。

「シュレーディンガーの猫の例からもわかるように、量子力学においては複数の世界が同時に存在しているとする、多世界解釈という考え方があります。まぁ、俗に言うパラレルワールドみたいなものですね。この世界とほかの世界のあいだを移動するための理論などはまだ見つかっていませんが、事故の衝撃によってお姉さんとキャリーバッグだけが別の世界に移動した、という仮説は立てられるかと。もっともこの説だと、時間をさかのぼっている点が引っかかりますが……時間軸のずれたパラレルワールドも存在しうる、ということなのでしょう。わたしは専門家ではないのでこれ以上詳しくは述べられませんが、ほかにも量子力学の理論を用いることによって複数の仮説が成り立つのではないかと思います」

七恵は真剣な面持ちでうなずく。

「いまひとつパッと考えつくのは、タイムリープです。タイムリープはご存じ？」

「えっと……何となくはわかりますけど。時間移動ですよね」

「大雑把に言えば、そうです。この辺の定義は人や作品によっても微妙に異なるんですが、タイムリープは過去や未来の自分自身へと意識だけが飛ぶ現象を指すことが多いですね。自分が生きていない時代、たとえば江戸時代や千年後の未来に体ごと移動するのは、通常タイムリープとは言いません。あるいは、自分が生存している時代であっても、その世界にもうひとりの自分が存在しているような場合も、タイムリープとは見なしませんね」

「なるほど。そこが、タイムスリップやタイムトラベルとは違うんですね」

「ええ、わたしの認識では。お姉さんも、新婚旅行を終えて交通事故に遭った瞬間に、タイムリープが発生して出発当日の朝まで引き戻されてしまったのではないか、と」

「でも、それだとおかしなことになりますよね。姉の体験では、出発当日の朝には事故に遭っていない。だからこそ、太一さんと新婚旅行を楽しんだわけです。タイムリープが原因だとするなら、姉が出発当日に事故に遭ってないとおかしい」

「おっしゃるとおりです。わたしはそこが、タイムリープの原因となったのではないかと考えます。すなわち、お姉さんは出発当日の朝には事故に遭わずに新婚旅行を満喫し、帰りのタクシーで事故に遭う運命になっていた。ところが、何らかの理由により過去のほうにタイムパラドックスが生じ、行きのタクシーで事故に遭ってしまった。この矛盾を解消するために、お姉さんはタイムリープに巻き込まれ、出発当日の朝まで引き戻された。二つの事故はもともと同一でなければならないものだったので、お姉さんの意識やキャリーバッグが時空を超えて移動した、と」

「姉の意識のほうはまだわかるのですが、コーヒー豆という物質が移動した現象を、タイムリープとは呼べないのではないでしょうか」

「そこは確かに、単なるタイムリープでは説明しきれません。わたしはその点、タイムパラドックスというきわめてイレギュラーな出来事が起きた結果として二つの事故が統合されてしまった、つまりタイムリープの亜種のようなものだったのではないかと推測します。お姉さんの意識だけではなく、タクシーの車両ごとタイムリープに巻き込まれたのではないか、と」

「そのような現象は、前例があるんですか？」

「残念ながら、わたしが把握している限りではノーですね。ただし、物品の出現——たとえば天井から急にコインが降ってくるといったような——を目撃した人の例は知っています。これもさまざまな原因が考えられまして、量子論でいけば量子に分解された物質が別の場所で再現されたと見られるでしょうし、タイムリープ的な現象だと解釈することも不可能ではないように思います」

七恵はいまひとつ釈然としない様子で、コーヒーを啜っている。

期待に添えていないのだとしたら申し訳ないが、そう簡単には納得のいく説明ができないからこそ、オカルトなのだ。この程度の反応で、真琴は動じない。

「いまお話ししたことは、あくまでこの場でのわたしの思いつきに過ぎません。記事にさせていただく過程で、より説得力のある仮説を組み立てられる可能性もあります」

「あぁ。そうですよね」

「いずれにしても、お姉さんのことを思うとこんな表現は不謹慎でしょうが、とても興味深いお話でした。記事にさせていただきますので、こちらお受け取りください。些少ですが、謝礼とお車代です」

真琴は隣の椅子に置いてあったカバンから現金の入った封筒を取り出し、七恵に手渡した。七恵は恐縮しながら受け取る。

「お礼を言わなければならないのはこっちのほうです。姉の幸せな記憶を、事実に反しているからと無理に消してしまわないで済みます」

「多少なりとも説明がつけば、ということですね。わたしどもは決してそのために記事にするわけではありませんが、でも、おまかせください」

気づけばカップの中身は空になっていた。真琴が取材に使ったノートなどを片付けると、テーブルの上にはイイヴィコーヒーの豆の袋だけがぽつんと残っている。忘れずに返さなければと手を伸ばしかけた、そのときだった。

「あの」

声をかけられ、真琴はそちらを振り向いた。

喫茶店の女性店員が立っていた。自分から声をかけてきたわりに、どことなくおどおどして見える。そろえた右手の指先でイイヴィコーヒーの豆の袋を指しながら、彼女は言った。

「もしよろしければ、そちらのコーヒー、お淹れしましょうか」

七恵が目を丸くする。「このコーヒーを?」

「はい。もちろん、お代は結構です」

店員は、穏やかだが作り物めいた笑みを浮かべた。

真琴はいぶかしむ。店内は静かだったから、自分たちの会話は店員に丸聞こえだっただろう。このコーヒー豆が、七恵にとってどれだけ思い入れの深いものなのかを、彼女は知っているはずだ。なのに、いや、だからこそプロの手でという趣旨なのかもしれないけれど、ともかく彼女はその豆をここで消費していかないかと誘う。

　当然七恵は断るだろう、と真琴は踏んでいた。だが、彼女の口から出た返答は、案に相違していた。

「では、お願いできますか」

「いいんですか？」と真琴。

「ええ。せっかく姉が買ってきてくれたコーヒー豆ですから。上手に淹れてもらったものを、飲んでみたくて」

　七恵が微笑む。ここで初めて顔を合わせたときに比べると、憑き物が落ちたとでもいうべきすっきりした表情になったように、真琴の目には映った。

「ではこちら、お預かりしますね」

　店員がコーヒー豆を受け取って、カウンターの奥へと引っ込む。彼女がコーヒーを淹れるさまを、真琴も七恵も注視していた。

　店員が銀色の袋をハサミで開封すると、中から出てきたのは深煎りの色の濃いコーヒー豆だった。店員はその豆をクラシカルなコーヒーミルに投入し、コリコリと豆を挽いていく。挽き終わった豆はサーバーに載せたネルフィルターに入れられ、その上から店員が、注ぎ口の細いケトルでお湯をかけていった。

異変が起きたのは、その直後だった。

ラジオに入るノイズのような音が、断続的に聞こえ始めた。少しして、真琴はその音の正体を知った。

店員が、洟を啜っていたのだ。よく見ると、彼女の目には涙が溜まっていた。

不思議な出来事を経て妹の手に渡ったお土産の豆でコーヒーを淹れているうちに、海鈴夫妻の身に起きた悲劇を思って泣けてきたのだろうか。その気持ちは、真琴にも理解できる。

ところが、だ。

続けて店員が洩らした一言は、真琴にとって不可解極まりないものだった。

「どうして反応してくれないの……」

4

コーヒーを淹れ終わるころには、店員もすっかり泣き止んでいた。

そのコーヒーを、彼女は七恵と、真琴にも出してくれた。ハワイで人気のロースターだけあって、美味だった。真琴にとっては、最初に飲んだこの店のコーヒーのほうが好みではあったけれど。

七恵はコーヒーを感慨深げに、少しずつ飲んでいた。飲み干すと話すこともなくなって、真琴は七恵と一緒に喫茶店を出た。取材なので当然、代金は真琴が支払った。店員は七恵に残りのコーヒー豆を返すのを忘れなかった。

七恵は近くの停留所から、バスに乗って自宅へ帰るのだという。そこまで同行し、折しも到着したバスに乗り込む七恵を見送ると、真琴はさっきまでいた喫茶店へと取って返した。

喫茶店の扉を開ける。カウンターの内側にいる女性店員が、驚いた表情をこちらに向けた。その目は真っ赤に充血している。

「お客様、お忘れものですか？」

真琴はかぶりを振った。

「ちょっと、座ってもいいですか」

店員にうながされるのを待たず、真琴はカウンター席に腰を下ろす。そして、単刀直入に切り出した。

「何か、引っかかったことでもあったんですか」

「と、言うと……」店員の目が泳ぐ。

「加納さんは気にならなかったようですが、あなたの行動は違和感だらけでしたよ。急にお土産の豆を使ってコーヒーを淹れると言ったり、その途中で泣き出したり。何かお気づきの点があるのなら、教えてほしいのですが」

店員を問い詰めたいというのが、真琴が喫茶店に引き返した理由だった。長年取材をやっていれば、オカルトに関する自分の考えを述べた瞬間に、周囲の人間が関心を示したり、あるいは嫌悪や侮蔑の念を向けてきたりと、さまざまな反応を見せることはある。だが、店員の態度はこれまで見てきたものとは明らかに異質だった。それを放置して帰るほど、甘い取材をやっているつもりはなかった。

「なぜ、お知りになりたいのですか。確かに私は、お二人のお話を全部聞いてしまいました。でも、私はオカルトについて何の知識もなく、取材の場所にたまたま居合わせただけの、無関係の第三者です。その考えを聞くことに、あなたにとって何のメリットがあるのでしょうか。私は無責任なことを申し上げたくはありません」

七恵よりもさらに歳下であろう店員が慎重を期したことに、真琴は彼女の聡明さを見て取る。だが、これで怯むような真琴じゃない。

「わたしは仕事でオカルトを扱っています。オカルトに分類される事象が現実にはきわめてまれであること、それでも間違いなく実在すること、その双方を知り抜いています。プロとして、真実を確かめる責務がある」

誠実な受け答えが功を奏したのだろう、店員は眉に込めていた力を抜いた。

「ひとつ、約束してください。私から聞いたことは、決して記事に書かないで。あの方のお話と、先ほどあなたが披露した仮説とを、そのまま記事にしてください」

「つまり、あなたのお話を聞いて疑義が生じた場合は、わたしに嘘を書け、と？」

「私の考えが正しい保証なんてどこにもありません。嘘には当たらないと思います」

真琴は、それは詭弁だと思いはしたが、店員の話を聞いてみないことには判断できない。案外、てんで的外れの指摘を受ける可能性もある。

「わかりました。約束しましょう」

こととしだいによっては反故にするつもりで、真琴は誓った。

店員はため息をつき、

「それで、私は何をお話しすればよろしいのでしょう」

「コーヒーを淹れている最中、泣いておられましたよね」

「それは、あまりにも悲しいお話だったから……」

「わたし、聞いてしまったんです。あのとき、あなたがつぶやいたのを」

――どうして反応してくれないの。

「思わず、といった感じでしたよね。あれってどういう意味だったんですか」

聞かれていたとは思わなかったのだろう、店員は痛恨といった表情を浮かべたのち、気の進まない様子で説明した。

「コーヒー豆が、お湯をかけても膨らまなかったんです」

「それが、何か？」

「見るからに、あのコーヒー豆は深煎りでした。あれだけしっかり焙煎した豆であれば、保存状態などによって多少の差はあれ、半月かそこらで挽きたての豆からガスが出なくなるなんてことはありえません。焙煎した月に誤りがないのなら、お湯をかければ必ず豆が膨らんだはずなんです」

なるほど、と真琴は思う。コーヒー豆が入った袋の裏側に、バルブがついているのを見た。焙煎した豆は二酸化炭素を発するので、それを逃がすバルブがないと袋が破裂してしまうおそれがあるのだ。その程度の知識は、真琴も持ち合わせていた。

「新鮮な豆は、お湯をかけると必ず膨らみます」

店員が、繰り返し強調する。

「でも、あの豆は膨らまなかった？」

「はい。お湯をかけてもほとんど無反応でした。焙煎した日から時間が経っている証拠です。極端に保存状態が悪かったというのでもない限り、最低でも一ヶ月は過ぎていると見ていいでしょう」

「今月買ってきたコーヒー豆だとは考えられない、ということですね」

「ロースターが古い豆を売りつけたのでなければ……実際には注文を受けてから焙煎するお店とのことでしたし、まずありえないかと」

「しかし、製造日の欄には今年の五月に焙煎した、と記載がありました」

「ただの手書きのシールですよね。あんなもの、いくらでも偽装できます。シールをはがせば、その下に本当の焙煎日が記されていたのではないでしょうか」

真琴が予期したとおりの返答だった。

「あのコーヒー豆は今月ではなく、もっと前に購入されたものだった。その点に異論はありません。ですが、なぜそれが海鈴さんのキャリーバッグの中に入っていたのでしょう。海鈴さん本人が、新婚旅行に古い豆を新しい豆と偽って持参していた？」

「それはないでしょうね。それこそ、海鈴さんが事故を予感していたというような、オカルトの範疇に属する能力の持ち主であるなら話は別ですが」

そのストーリーも多分に魅力的ではあるが、

「妹にわざわざコーヒー豆を買ってくると宣言しているあたり、海鈴さんは何かしらの意図があってコーヒー豆を持参していたとは考えられませんか。事前に国内で手に入れた豆を、現地で焙煎を待つ時間の省略のために持参して、帰国後に帰宅するより先に直接渡しに行くつもりだった、とか。実際にはそもそもハワイに行く予定すらなく、お土産はハワイへ行ったと偽装するためにキャリーバッグに入れてあった、とか……」

「いかなる計画があったにせよ、二名もの死者を出した交通事故は仕組まれたものとはとうてい思えません。たまたまキャリーバッグにコーヒー豆を入れてあったとして、事故後ようやく意識を取り戻したばかり、しかも夫の死を知らされた直後の海鈴さんに、新婚旅行には行ったと嘘をつき、しかもコーヒー豆をその補強材料に用いるという機転を利かせる余裕などあったでしょうか」

可能性はゼロとまでは言えないが、限りなくゼロに近いだろう。真琴はそう判断せざるを得なかった。

「となると……あのコーヒー豆は、ほかの誰かがキャリーバッグに入れたということですね」

「私はそのように考えています」

「でも、事故後にキャリーバッグを開ける機会があったのは、ハワイのコーヒー豆を持っていたはずのないご両親だけでしたよ」

「もうひとり、いるではないですか。キャリーバッグを開ける機会があり、しかもハワイのコーヒー豆を持っていてもおかしくない人物が」

考えるまでもなかった。真琴は即答した。

「加納七恵さんですね」

「現実とは異なるお姉さんの思い込みを、幸せな記憶を、加納さんは壊したくなかったのでしょう。だから加納さんは病院を辞したのち、いったん帰宅し、たまたま自宅にあったイイヴィコーヒーの豆の焙煎月を偽ったうえで、それをご実家へと持参したのです」

それが、悲劇に見舞われた姉に対し、妹が計らえる精一杯の優しさだったのだ。

「加納さんはご両親と一緒に、キャリーバッグを開けるのに必要な三桁の暗証番号を聞き、そのうえでご両親より早く病院を離れています。娘ですから、実家の合い鍵を持っていても不思議ではないでしょう。また京都のご自宅から大阪のご実家へは電車で一時間ほどとのことでした。ご両親が帰ってくるまでに時間の余裕はありましたから、コーヒー豆をキャリーバッグに入れるのはもとより、衣類に着用感をつけるのも難しくはありません」

実際に着ればいいのだ。サイズが違っても、体臭が移りさえすればいいのだからそれほど問題はない。わざと汗をかくために体を動かすくらいのこともしたかもしれない。両親も、姉妹の体臭の違いまでは判別がつかなかったのだろう。

「そして、彼女はコーヒー好きでした。自身は海外に行ったことがなくても、ハワイを訪れた人からお土産として、人気のロースターのコーヒー豆を受け取ることがあったことはじゅうぶん考えられます」

そもそも、これが七恵の仕業なら彼女はいくらでも姉の発言を捻じ曲げられた——両親に誤謬を指摘されるおそれはあるとはいえ——ことになるが、その中でも海鈴はロースターの名前を挙げていなかった。ハワイのロースターというだけでは、イイヴィコーヒーだと特定する要素はどこにもない。

一方で、七恵が嘘をつけなかった点もある。真琴はそこに触れる。

「イイヴィコーヒーは、すべての豆を注文後に焙煎するロースターであるとホームページにも記載がありました。つまり加納さんにイイヴィコーヒーの豆を渡した人は、注文後に焙煎されるのをわざわざ待ったということですよね？」

「そうなりますね。焙煎で十分程度、人気のロースターなら順番待ちもあったでしょうから、少なく見積もって三十分は待ったのでは、と」

「だとしたら、実の妹のためであれば何らおかしくはありませんけど、単なる友人や知人へのお土産としては、手間がかかりすぎるように感じませんか」

「なら、単なる友人以上のご関係だったのでしょう」

「と、言うと……でも彼女、恋人はできたことがないって……」

真琴はいったん言葉を切る。大事な人は恋人とは限らない、それくらいは彼女にも理解できる。だが――。

「いや、待ってください。それはやっぱり変です」

「何が、でしょうか」

「加納さんは、コーヒーがお好きなんですよ。せっかくお土産でもらったコーヒー豆を、ガスが出なくなるほど長期間にわたって、未開封のまま放置しておきますか。当然、味が落ちますよね。そうなる前に飲むでしょう、普通は」

するとと店員は、先ほど使用したネルフィルターを持つ手に視線を落とした。

議論はおしまいだ、と真琴は判断した。店員の話は当を得ているかに思われた、しかしその仮説がはらむ決定的な矛盾を自分は突いたのだ、と。

ところがしばらくして、店員はぽつりとつぶやいた。

「あったのではないでしょうか。コーヒーを、飲みたくても飲めない理由が」

「飲めない理由？　でも現に、彼女はさっきコーヒーを飲んでましたよね」

往生際が悪い。真琴がそう感じたのはしかし、次の一言で覆されることとなる。

「ですから――」

インターホンを鳴らすと、すぐに応答があった。

『はい』

「トナノの三浦です。先ほどは取材、ありがとうございました。どうしてもお伝えしたいことがありまして、失礼を承知でご自宅までおうかがいしました」

『えっ……』

スピーカーの向こうで、加納七恵は絶句する。

京都市左京区にある、それなりに築年数の経っていそうなアパートの一室の前に立ち、真琴は肩で息をしている。

先に帰った七恵のあとを追って、ここまでやってきた。手紙を受け取ったときから、七恵の住所は把握していた。先に電話やメールで連絡すると、警戒されて会えないかもしれないと考えた末の行動だった。幸い、七恵は自宅にいてくれた。

少ししてドアが開き、七恵が姿を見せる。困惑が、その態度にありありと表れていた。

真琴は沓脱(くつぬぎ)にまで入れてもらい、ドアを閉める。七恵が部屋の奥を指した。

「あの……上がりますか。散らかってますけど」

「いいえ。ここで結構です」

真琴は呼吸を整え、姿勢を正す。そして、一息に言い切った。

「加納さん。あなた、お腹の中に子供がいるんじゃないですか」

七恵の顔が、驚愕の色に染まった。

5

「——加納さんは、妊娠しておられるのではないかと思います」

というのが、喫茶店の店員が告げた一言だった。

「カフェインが胎児に悪影響を及ぼすおそれがあるので、妊婦は原則コーヒーを飲まないほうがいい、というのはご存じですよね」

「それはもちろん……でも彼女、今日もコーヒーを飲んでました。それどころか、あなたは二杯めを勧めたではないですか」

動揺しながらも、真琴は指摘する。店員はばつが悪そうになり、

「確かに、二杯めをお出ししたのはよくなかったかもしれません……ですが、実は一日二杯程度のコーヒーであれば、ほとんど問題はないとされているのです」

「あぁ、何かで読んだ気もします」

「お客様がこのお店を指定してくださったのは、加納さんがコーヒー好きと知ってのことですよね。にもかかわらずコーヒーを避ければ、どうしたって違和感が生まれる。だから加納さんは、今日だけはと思ってコーヒーを飲まれたのでしょう」

「そうか……でも、自宅で常飲するとなると話は変わってくる」

「ええ。ですから加納さんは、誰からか受け取ったイイヴィコーヒーの豆を消費しなかったのです」

筋は通っている。だが、コーヒー豆の袋を開封しなかったというだけで妊娠に結びつけたのなら、さすがに飛躍しすぎだ。真琴は慎重を期す。

「加納さんが妊娠していたと考えられる理由は、ほかにもありますか」

「二つあります。ひとつは、お話の途中で彼女がえずいたこと」

「そう言えば……彼女は、思い返すとつらいから、と説明していましたが」

「私は、つわりをごまかすための嘘だったのでは、と受け止めています。お体のご様子から考えても、加納さんはまだ妊娠初期である可能性が高い。つわりが終わっていないのでしょう」

　あるいは七恵の説明もまるきり嘘ではなかったのかもしれない、と真琴は思う。妊娠中という、ただでさえ体への負担の大きな時期に悲劇が重なれば、つわりの症状が出やすくなることはじゅうぶん考えられる。

「もう一つは、加納さんが先月に実家を出て京都へ引っ越されていることです。彼女は姉の結婚に触発されたと話されていましたが、実際は一定の期間、家族に妊娠を隠すためだったのではと推察します」

「どうして？　出産に反対されるからですか」

「おそらくは。少なくとも、海鈴さんがお土産にコーヒー豆を買ってくると発言している点から、加納さんがご家族に妊娠を知らせていないことは間違いありません」

　日本では母体保護法により、妊娠二十二週を過ぎると中絶はできない。その時期が来るまで妊娠を隠し通せば、その後はたとえ誰に反対されようとも基本的に出産は決定事項となる。

　店員が挙げた二つの理由は、それなりにうなずけるものではあった。しかし、決定的証拠とまでは言えないのではないか——。

　そう考えかけた真琴の脳裡にふと、よみがえった光景があった。

「もしかして、あのお守り……」

「お守り、ですか」店員がきょとんとする。

「加納さん、バッグにお守りをつけていて、不安そうに触っていました。うさぎのような柄が入った、白いものなんですけど」

　店員は真琴の証言を嚙みしめるように、

「私からは角度的に見えませんでしたが……それは、答え合わせのようなものですね」

「では、あれはやっぱり、安産祈願ですか」

「京都にお住まいでなければ、ご存じなくても無理はありませんね。そのお守りはおそらく、左京区にあります岡崎神社のものです。かの地に昔はたくさんの野うさぎが生息しており、うさぎを氏神の使いと見なしていたことから、うさぎ神社として有名です。境内には狛犬の代わりに狛うさぎがいるほか、至るところにうさぎの絵や石像などが見られます」

　オカルトの仕事をしている関係上、真琴は神社仏閣にもある程度詳しい。うさぎ神社の噂（うわさ）も聞いたことはあったが、現地に足を運んだことはなく、お守りの柄だけで判別するのは難しかった。

「そのうさぎが多産であること、また祭神の速素盞嗚尊（すさのおのみこと）と奇稲田姫命（くしいなだひめのみこと）がたくさんの子供をもうけたことから、岡崎神社は子授けと安産の神社として名高いのです。お守りにはうさぎの柄が入っており、中でも白いお守りは、安産御守であったと記憶しています」

　七恵は左京区に住んでいる。同じ区内、すなわち近所の安産祈願で有名な神社でお守りを買うというのは、いかにもありそうだ。反対に、妊娠していない女性が安産御守をカバンにつけて持ち歩くとは考えにくい。

「でも、妊娠なんて……だって加納さん、恋人はできたことがない、と」

「いいえ。彼女はこのようにおっしゃったはずです」

――生まれてこの方、正式な恋人さえできたことのない女です。

「裏を返せば、正式とは言えない恋人ならできたことがある。そう読み取れませんか」

認めざるを得ない。真琴にも、正式ではない恋人がいた時代があった。

「ここからは、多分に臆測を含む話になります」

　そう前置きして、店員は語った。

「加納さんは何らかのいきさつにより、正式な恋人とは呼べない男性と交際をしているのでしょう。その相手が、ハワイのお土産としてコーヒー豆を買ってきた」

恋人同様の関係だ。コーヒー好きの七恵のために人気のロースターへ行き、焙煎を待つくらいのことはするだろう。

「でも、加納さんはそのコーヒー豆に手をつけていない。彼女はそれを受け取った時点で、自身が男性の子を身ごもっていることを知っていた。それは、果たして何を意味するでしょうか」

七恵の心境が、真琴には手に取るようにわかった。

「彼女は、男性に妊娠を告げていなかった」

「告げられなかったのでしょうね。さまざまな事情があったのでしょうが、一番はおそらく男性にはほかにパートナーや家庭があったのではないかと。だから男性は、平気でコーヒー豆を買ってきた。加納さんはそれを飲めないとわかりつつ、捨てることもできずに自宅に保管していたのです」

「あのコーヒー豆が焙煎されたのは、豆の膨らみ具合からして一ヶ月以上前とおっしゃいましたね。その豆を受け取った時点で加納さんが妊娠を把握していたという事実と、彼女のつわりが現在も終わっていないことは矛盾しませんか」

「しないと思います。妊娠は三週ごろから初期症状が表れ始め、四、五週めで気づく女性が多いそうです。一方で、つわりは通常妊娠十二週程度、長くても十五から十六週ごろには終わるとされています。つまり、当然人によって差はありますが、一般的に妊娠の気づきからつわりの終わりまでは、八週間から十週間が経過していることになります。十週間もあれば、コーヒー豆がガスを発しなくなっても何ら不思議ではありませんし、男性がお土産を渡すのが遅くなればさらにその期間は延びます」

相手の男性が家庭を持っていればなおさら、旅行から帰ってすぐには会えない場合もあるだろう。真琴は自身の疑問を取り下げた。

不倫など、揶いて捨てるほどある話だ。その是非を問う資格は自分にはない、と真琴は思う。

ただし、子供ができたとなると事情は変わってくる。

「お守りを持ち、普段はコーヒーを飲まないようにし、あまつさえ実家を出て京都に越している。加納さんが子供を産むつもりであることに疑いの余地はありません。にもかかわらず彼女はそれを、実の姉にも打ち明けていなかった」

「不倫相手の子供を産むと話して、家族に反対されるのを恐れたんですね」

「加納さんはもともとの体型の影響もあり、これまで妊娠を周囲に勘づかれなかった。身内と会うときは、お守りも外していたのでしょう」

その七恵は、飲めもしないコーヒー豆をずっと自宅に保管していた。現在の彼女がコーヒーを飲めない理由に関する会話は、相手の男性とのあいだではなされなかったのだ。

「すみません。わたし、行かなきゃ。お代は」

席から立ち上がった真琴を、店員は引き止めなかった。

「先ほど頂戴しました。いまは、お水も出してませんから」

そして真琴は喫茶店を飛び出し、七恵の住むアパートへと向かったのだった。


「見たんですね。あのお守りを」

七恵は上がり框（かまち）に立ち、そわそわと落ち着かない様子だ。

「外していくのを忘れてたから。途中で外そうと思って触ったけど、それはそれで不自然な気がしてためらってしまい、かえって注目させたかもしれません」

七恵の住む部屋の玄関で、二人は立ち話をしている。中まで上がり込むつもりはないが、七恵にしてみれば誰にも聞かれたくない話だろうから、せめてドアの内側で話すくらいの配慮は真琴にもあった。

「こちらこそ、そうとは知らずコーヒーのお店にお連れしてしまい、大変失礼しました」

「いえ。謝っていただくようなことでは」

「それで、相手の男性には伝えたんですか。妊娠してること」

とたん、七恵が青ざめる。

「いったいどこまでご存じなんですか」

「何も。正式な恋人ができたことがない、とあなた自身がおっしゃいました」

「あぁ……この子の父親は、私の幼なじみの夫なのです。この人だけはいけないとわかっていながら、誘われるがままに不倫をしてしまいました。あの人に愛されたいという気持ちを、抑えきれませんでした」

妊娠を相手の男性にも自分の家族にも打ち明けられなかったのには、やはりそれなりの事情があったのだ。彼女の恋愛経験が浅ければ浅いほど、相手の男性に夢中になってしまう心情は、真琴にもいくらか理解できた。

「幼なじみは近所でともに育ち、陰気な私にも優しく接してくれた、聖人のような女性です。彼女を裏切ったことが知れれば、本人はもちろん両親や姉にも、ご近所さんたちにも、みんなに憎まれることはわかりきっているのです。しかも、両親は同じ場所には住み続けられなくなるかもしれません。そうなるくらいなら、私は誰にも言わずにひとりでこの子を産み、育てることを選びます。私は親友に二度と顔向けできないけれど、少なくとも彼女が真実を知ることのないよう、計らうくらいはできるでしょう」

その瞳に、とても二十八歳とは思えないほど幼い光が宿っているのを、真琴は見て取った。

真琴は背筋を伸ばす。そして、きっぱりと告げた。

「伝えなさい。相手の男性に、妊娠の事実を」

七恵の反抗的な表情を、初めて見た。が、構わず続ける。

「きちんと伝えて、認知もさせて、養育費を受け取りなさい。これは、取材をさせていただいた人間としてではなく、一人の年長者として忠告しています」

「私は大丈夫です。ちゃんと働いているし、この子を育てられるくらいの収入ならある」

「あなたのために言っているのではありません。その子のために、言ってるんです」

「でも……悪いのは私です。あの人はともかく、幼なじみやその子供に罪はないから……」

「それはあなたの子供も同じでしょう。あなたがご自身を犠牲にするのは、どうぞご勝手に。だけどあなたの子供まで、それを強いられる筋合いはない」

七恵は、喫茶店で相対したのと同一人物とは思えない形相で反駁した。

「どうして無関係のあなたに、そこまで口出しされなければいけないんですか。私、知ってますよ。手紙を送る前に調べましたから。三浦さん、未婚ですよね。子育ての苦労なんてわからないでしょう。好きなことを仕事にできて、編集長として社会的にも認められて、さぞ充実した毎日でしょうね。そんな人に、私の気持ちなんて……人生でたったひとり、自分を愛してくれる男性に出会えた女の気持ちなんて、わかるわけない」

「わかりますよ」

真琴は静かに言った。七恵が吐き捨てる。

「適当なこと言わないで」

真琴はカバンからスマートフォンを取り出し、待ち受け画面を見せる。七恵は戸惑いながら訊ねた。

「この子は？」

「息子です。中学三年生になります」

愕然とした七恵に向かって、真琴はその事実を明かした。

「わたしも、未婚の母なんですよ」

6

前の出版社に勤めていた時代、真琴は上司と不倫をしていた。

若かりしころ、異性とはなかなかうまく関係を保てなかった。いまにして思えば、オカルト趣味だけが原因ではなかったのだろう。そんな中で、出版社の上司は好奇心旺盛で、真琴の話を楽しそうに聞いてくれたのがうれしかった。上司に家庭があることを知りながら、深い関係になってしまうのにさしたる時間はかからなかった。

真琴が二十五歳のとき、妊娠が発覚した。父親はその上司としか考えられなかった。彼女は妊娠の事実を告げたが、上司には堕胎を懇願された。それが悲しくて、腹が立って、認知も養育費も要らない、この子は自分ひとりで立派に育て上げる、と啖呵を切って会社を辞めてしまった。

愛した人とのあいだにできた子供を育てるためなら、何だってできる——出産するまで、真琴は本気でそう信じていた。

だが蓋を開けてみると、真琴は産後間もなくうつ病にかかり、子供の世話どころか自分の面倒さえまともに見られない日々が続いた。親族や友人たちが、口では祝福しながらも真琴の出産を歓迎してくれていないように感じてつらく——それはもしかすると被害妄想だったのかもしれないが——頼れる相手がいなかった。体を動かすことさえ困難で、一日の大半をベッドの上で過ごしながら、真琴は幼子と二人、底のない沼にじわりじわりと沈んでいくような生活を送っていた。

もう、この子と一緒に死ぬしかない。そんな考えに襲われた日も一度ならずあった。それでも息子はかわいかった。笑ってくれると、愛しさのあまり涙が出た。それだけが、彼岸へと足を踏み出そうとする真琴にとっての唯一のブレーキだった。

とても仕事を探せるような状態ではなく、真琴はかねて好きだったオカルトの知識を用いて現実逃避をするようになった。母乳はほとんど出なかったから、体を害するおそれのあるものにも抵抗はなかった。幽体離脱ができるようになったり、海外製のハーブに手を出したりしても、現実は何も変わらなかったが、その瞬間だけは苦しみを忘れられた。それでネットにレポートを上げていたら、幸運にもトナノ編集部から声がかかったのだ。

「大変でしたよ。たぶん、いまのあなたが想像するより何十倍も」

淡々と語る真琴を、七恵は恐れ始めているようだった。

「両親は孫の面倒こそ見てくれたけれど、わたしがオカルト関連の仕事を始めたと知って、とうとう気が触れたと思ったようでした。今日のように宿泊をともなう取材の折などに、息子を預け、迎えに行くたびに小言を言われましたよ。もっと社会の役に立つ職に就けだの、一緒にいてあげられなくて息子がかわいそうだのと、それはきついことを」

それでも真琴は親を頼るしかなかった。息子を育てるために、反論を呑み込んで謝り続けたのだ。

「親だけじゃない。未婚の母であること、この仕事をしていること、編集長の座に就いたこと。いろんな人が、本当にいろんなことを言ってきました。もともとオカルトが好きだったから、いまでは天職だと思っています。あのとき編集部に拾われたおかげで助かって、つくづく恵まれた人生だとも。でも、そう思えるようになったのは、ようやく息子に手がかからなくなってきたここ二、三年のことですよ」

それまでは、なりふり構っていられなかった。できることなら何でもやったし、誰かに侮辱されても笑って受け流し、必要とあらば下げたくない頭を下げてきた。この十五年、自分のために生きた時間なんてほとんどない。真琴の人生のすべては、愛する息子のためだけにあった。

「わたしは幸運にも、ここまで何とかなってきました。でも、一歩間違えれば母子共倒れだったでしょう。あなたには、あんな苦労をしてほしくない」

真琴が言うと、七恵はうつむいた。

「私だって、この子を守るためならどんな苦労でも――」

「する必要のない苦労は、しなくていいんですよ」

真琴自身も、わが子のために苦労をするのが美徳と考えていた節があった。でも、子育てを経験したいまならわかる。そんなのは、美徳でも何でもなかったのだ。

「母子ともに健康で、経済的にもゆとりがあるとして、それでもなお、子育てというのは大変なんです。だから頼れるモノや人には頼っていいし、受け取る権利のあるお金はきっちり受け取ったほうがいい」

それは十五年前の自分に、真琴がかけたい言葉にほかならなかった。必死で歩んできたからこそ、あのころの自分は愚かだったと言い切れる。同じ過ちを繰り返させたくないと思うのは、未婚で子供を授かった者どうし出会った運命に対する、願いだった。

七恵はいまだ迷う胸中を吐露する。

「でも、私がすべてを話してしまうと、親友を傷つけ、失ってしまうから……」

「それはその子の父親と、あなた自身が向き合うべき過ちでしょう。あなた方がそういう行為に及び、妊娠した事実はもう変えられません。何の罪もないご友人のことを思うと胸は痛みますが、だからと言ってあなたの子供が苦労を強いられるいわれはない」

「両親や姉にも、迷惑がかかってしまうかもしれません」

「ご両親は何とだってするでしょう。あなたよりもはるかに長く生きてきた知恵と、あなたを育てたことに対する一定の責任がありますから。お姉さんには、誠意を尽くすことです」

七恵のあごの先から滴る雫が、床に落ちてぽたりぽたりと音を立てる。

「この先、いろんなことを、いろんな人から言われると思います。でも、両親がそろっていないと子供がまっとうに育たないわけではありません」

現に、息子はいい子に育った。真琴はそう信じている。

「反対に、親が苦労したぶんだけいい子に育つなんてこともありません。頼れる人は頼って、使えるお金は使って、ときには休んだっていい。愛情は、苦労の度合いなんかじゃ測れない」

「そう……思っていいんでしょうか」

「くだらないことを言ってくる相手は全員、わたしが言い負かしてやりますよ。その程度のことは朝飯前でできる人生を、公私ともに歩んできたつもりです。困ったときには、相談に乗ってあげるくらいのことはできますから、わたしでよければ遠慮なくご連絡ください」

優しさを示したあとで、真琴は表情を引き締める。

「でもそれは、あなたが自分にできることを精一杯やっていれば、です。いまのあなたにできるのは、信頼できる身内と、何よりも相手の男性に妊娠の事実を告げること。そして、養育費を受け取れるようにすることです。大好きなコーヒーを飲まなくなった理由を、せっかくのお土産に手をつけられなかった理由を、相手の男性にきちんと話しなさい」

両手で顔を覆ったままで返事をしない七恵を残し、真琴はアパートを去った。

7

「加納さんがコーヒー豆をキャリーバッグに入れたのではないかという疑いについては、ご本人には伝えませんでした。妊娠に気づかれた経緯も、お守りを見られたからということで納得されたようでした」

三たび喫茶店に戻った真琴は、カウンターに座って店員に報告をしていた。お冷（ひや）を出しながら、店員は言う。

「私には子供がおりませんから、お二人の苦労はわかりません。ただ、世の中には相手の男性に告げられないまま、子供を産んで育てている母親も少なからずいるのではと思います。そのような方々にとっては追い打ちになりかねない言葉を伝えに行くことは、怖くはありませんでしたか」

「もちろんそれぞれに事情はあるでしょうし、そういう生き方を否定したいわけではありません。ただわたし自身は、あの子の父親に伝えこそすれ認知させず養育費も受け取らなかったことを、愚かだったと考えている。その意見は加納さんに伝えたほうがいいと思ったから、そうしたまでです。彼女はまだ、間に合うから」

すでにその生き方を選んだ女性に、追い打ちをかけるような真似は決してしない。

いつだって、自分は未婚の母の味方でありたいと真琴は願っている。

「失礼しました。お客様はお優しいですね」

「ちょっと年齢や立場が上になると、とたんに若い人にあれこれ口出ししたくなるのは、悪い癖です」

謙遜も込めて、真琴は自嘲する。自分が妊娠していたころ、さっきのようなことを言われて聞く耳を持てただろうか。あらためて自問すると、大いに疑わしかった。

それでも、言ってあげなければ、と思うときはある。たとえその言葉が何の変化ももたらさないとしても、言ったこと自体はきっと無駄にはならない。

店内には新規の客がいた。コーヒーを淹れながら、店員はつぶやく。

「……私、あのコーヒー豆が膨らんでくれればと、祈るような思いでした」

彼女がケトルからお湯を注ぐにつれ、ネルフィルターの中のコーヒー豆は泡を立てて膨らんでいく。

「そうすれば私の考えが間違っていて、海鈴さんたちは本当に新婚旅行へ行き、ハワイでコーヒー豆を買ったと信じられたから。結婚したばかりの夫を亡くした事実を変えようがないのなら、せめて超自然的な体験が、海鈴さんの身に起きていてもいいいんじゃないかと思ったんです」

だが、コーヒー豆は膨らまなかった。

「その気になれば加納さんの嘘を暴くことはできたかもしれないけど、私はそうする意義を見出せませんでした。海鈴さんは、新婚旅行を満喫したと本気で信じているのでしょう。その夢を、加納さんは守ろうとしただけだった。そのためにコーヒー豆をキャリーバッグに入れ、説明をつけるべくトナノの編集部に手紙を送ったのです。なのにわざわざ嘘を指摘して、海鈴さんを夢から覚まさせるのは酷なだけですから」

「おっしゃるとおりです。でも、わたしたちはトナノの記事に矜持を持っています。事実ではないと考えていることを、あえて記事にして指摘しないまでも、嘘のままで掲載するわけにはいきません」

店員が、ため息をついた。

「……ですよね。私との約束は、忘れてください」

――あの方のお話と、先ほどあなたが披露した仮説とを、そのまま記事にしてください。

真琴はうなずいた。

「加納さんは、自分の献身によって何もかも丸く収めたかったんでしょうけど、人生はそんなに甘くはありません。記事も、妊娠も、彼女ひとりの問題ではないから」

「いかに切実な理由があったとしても、お客様を騙して利用しようとしたことは、褒められたおこないではありませんものね。加納さんは、もっと正直に話すことで誰かを頼るという方法を覚えたほうがよいのかもしれません」

店員がコーヒーを運ぶためにカウンターを離れる。真琴は頬杖(ほおづえ)をついた。

オカルトを愛し、仕事でオカルトに向き合ってきた真琴は、超自然的なものの存在を信じている。たとえば神だって、何らかの形でこの世にいるに違いないと考えている。

だけど海鈴夫妻のような悲劇に行き当たるとき、真琴は、神なんて本当はいやしないのではないか、といぶからずにいられない。かように無慈悲な運命を、海鈴夫妻に背負わせる意味がどこにあったというのだろう。それさえも神の思し召(おぼしめ)しだったとは、とても受け容れられないのだ。

そして悲劇は、説明のつかない奇跡に比べると、あまりにありふれすぎている。

やりきれない気持ちで、真琴はスマートフォンを触った。先ほど開いた、イイヴィコーヒーのSNSのアカウントが表示される。

何の気なしに、真琴はアップされた写真を順にながめていく。しばらく進んだところで思わず、店じゅうに響き渡る声で叫んだ。

「ねぇ！　ちょっと来て――」

声に反応し、足元で丸まっていたシャム猫が飛び起きる。慌てた様子で、店員が駆け寄ってきた。

「いかがされましたか」

「見て、これ」

店員に向け、真琴はスマートフォンを突き出す。

その写真はイイヴィコーヒーの、パッケージされたコーヒー豆を写したものだった。七恵が持参した袋と同じだが、それ自体はこの店でいつも使用しているものだろうから、何ら不思議はない。

問題は、隣に並べられたレシートにあった。下のほうの空いたスペースに、次のような手書きの文字が添えられていたのだ。

〝Taichi & Misuzu, Congratulations!!!〟

真琴と店員は目を見合わせる。投稿の日付は、海鈴が事故に遭う二日前——仮に事故の日を新婚旅行から帰国した日と見なせば、ちょうど海鈴がハワイのロースターへ行ったと主張している日に相当していた。

「この日、たまたま同じ名前の夫妻が、おめでたい理由でハワイを訪れていたのかも——」

「いいえ」

無理やり仮説を立てようとする真琴を、店員はかぶりを振ってさえぎる。

「海鈴さんご夫妻は、確かに新婚旅行を満喫されたんですよ」

真琴は今一度、スマートフォンに視線を落とす。

やっぱり、この世に奇跡はある――たとえ、悲劇よりもはるかに希少だとしても。

「わたし、今回の件を記事に書きます」

真琴は決然として言う。微笑んだ店員の眦（まなじり）が、きらりと光ったように見えた。

フレンチプレス と いくつかの嘘

話がある――そう言われた瞬間から、予感はしていた。

私が籍を置いている、大学の薬学部の研究室にいるときに、彼から突然電話がかかってきた。いまから会えないか、なんて台詞(せりふ)は、いつもなら犬が尻尾を振るように喜んだのに、今日ばかりは耳をふさいで逃げ出したくなった。

京都市内の、繁華街からは少し離れた喫茶店を指定された。静かな店だから落ち着いて話ができる、と。ただ話をするだけなのに落ち着く必要があるのだな、と思った。彼が落ち着きたいのか、それとも私に落ち着いていてほしいのだろうか。

夕方、彼は待ち合わせの時間に少し遅れてやってくると、私の姿をテーブル席に見つけ、向かいの椅子に座った。そして注文した二杯のコーヒーが届くなり、案の定、別れ話を切り出した。いわく、ほかに好きな人ができた。きみとはもう会えない。こんなことになってしまって、申し訳ないと思っている――。

一年近く付き合った。学生の私とは違い、年上の社会人らしく振る舞いがスマートでありながら、ときおり子供っぽい部分をも見せる彼のことが私は大好きだった。仕事が忙しくてなかなか会えなかったり、自称潔癖症で自宅に上げてくれないばかりか私の自宅に来ても必ずその日のうちに帰ったりと、不満なところも少なからずあったけれど、一緒にいると欠点すらも愛おしいと思えた。彼と別れるくらいなら、死んだほうがマシ。本気でそう感じる瞬間さえあった。

彼の話を聞き終えても、私は何も言えなかった。別れを了承することも、反対に引き止めることもできず、うつむいて浅い呼吸を繰り返していた。沈黙が気まずかったのか、彼はカップに入ったコーヒーの四分の三くらいを飲んでしまうと、ちょっとトイレ、と言って席を立った。

もともとよおしてなどいなかったのだろう、一分ほどでトイレから戻ってきた彼に、私は言った。

「最後にひとつ、質問させて」

「何?」

「正直に答えてほしい。あなた、私と結婚しようと考えたことが一瞬でもあった?」

彼は弱ったように微笑んだ。

「あったよ。好きだったからね」

私は再び黙った。彼はため息をつき、コーヒーカップを持ち上げた。

「――お客様」

そのとき、小柄な女性の店員に声をかけられ、彼は動きを止めた。

「何ですか」

「そちらのコーヒーですが、今日はこのフレンチプレスという器具でお淹れしました」

店員の手には、円筒形のガラスの容器にフィルターと取っ手がついた、コーヒーよりは紅茶を淹れるものというイメージの強いプレス用の器具が握られていた。

「はぁ。それが何か」

「フレンチプレスは隙間のある金属フィルターを用いるため、コーヒーの油脂がしっかり抽出され、豆の持つ香味の個性をダイレクトに味わえるのが美点です。反面、微粉を通すので粉っぽくなり、その点では好みが分かれます」

なぜ店員がいきなりフレンチプレスに関する講釈を始めたのか、私にはわからなかった。店員は空いた手のひらを上にし、指先を彼のカップに向けた。

「そちらのカップの底にも、コーヒー豆の微粉が溜まっていると思います。フレンチプレスで淹れたコーヒーは、最後まで飲み干さずに、ちょっぴり残すべきなのです。ですから、それ以上は飲まれないほうがよろしいかと」

「あぁ、それを教えに来てくれたんですね。ご丁寧にどうも」

彼がソーサーの上にカップを置くと、店員はそれに手を伸ばした。

「お済みの食器、お下げしますね。おかわりをお持ちしますか」

「いえ、結構です」

店員が一礼し、引き下がる。彼は私に向き直った。

「ほかに言いたいことがなければ、僕はもう行くよ」

「私はもう少し、このお店に残っていく」

「そうか。いままでありがとう。それじゃあ」

彼はレジに向かい、二人分のお会計を支払う。喫茶店の前庭を通って去っていく彼の後ろ姿を見つめていたら、本当に終わりなのだという実感が込み上げ、私は泣いた。

五分ほど、そうしていただろうか。人の気配を感じて顔を上げると、先ほどの女性店員が、おしぼりを持ってテーブルのそばに立っていた。

「これ、よかったら使ってください」

「ありがとう」

私はおしぼりを受け取り、目元に当てる。それから、訊ねた。

「どうしてあんな嘘をついたんですか」

「嘘、とは」

「彼の席からは、背後になって見えなかったかもしれない。でも、私は憶えています。あなたがフレンチプレスではなく、ハンドドリップでコーヒーを淹れていたことを」

彼女がケトルを手に持ち、円を描くようにしてお湯を注いでいるのを、私は確かにこの目で見たのだ。

店員は泣き笑いのような表情を浮かべ、私の手元にあるカップを見つめた。

「コーヒーは、匂いが強く、色が黒く、苦みがある。これほど打ってつけの飲み物はない、と思います」

「何に？」

「毒物を混入するのに、です」

私は目顔で先をうながした。

「お連れのお客様がお手洗いに行かれた際、彼のカップにあなたが何かを入れるのを見てしまいました。救わなければ、と思ったので、とっさに嘘を」

「どうしてそんな面倒なことを？　彼を救うためには、私が何か入れるのを見たから飲まないほうがいい、と伝えるだけでよかったはずでしょう」

店員は首を左右に振った。

「違います。私は、あなたを救いたかったんです」

私ははっと胸を衝かれた。店員は語る。

「いまから私、飲食店の店員としては失格であることを重々承知のうえで、あなたにあることを教えます。先ほどの男性のお客様には、これまでにも何度か当店をご利用いただきました。奥様と一緒に」

静かな店だと知っているのだから、彼がここへ来たことがあるのは当然だ。でも、一度ならず妻を連れてきた店に、私を呼ぶとは思わなかった。

「盗み聞きするつもりはなかったのですが、なにぶん静かなお店ですので、お二人の会話が私にも聞こえました。好きな人ができた、というのが別れの理由になっていること。自分との結婚を考えたのか、とあなたが問い詰めたこと。これらから察するに、あなたは彼が既婚者であることをご存じなかったのではないですか」

「そうですね。彼の口からは聞かされていなかった」

彼が潔癖症だというのは事実ではなく、自宅に上げてくれなかったのも、私の自宅に泊まることがなかったのも、家に妻がいるからだったのだろう。

「あなたがカップに何か入れたことを彼に伝えれば、入れたものの性質などによっては最悪、あなたは殺人未遂の罪で裁かれます。私はあなたに、既婚者であることを隠して交際するような最低な男性のために、犯罪者になんてなってほしくなかった。だから、嘘をつきました」

「殺そうとまでは、思っていませんでしたよ」

私はバッグから、液体の入った小瓶を取り出した。

「別れを切り出されると予想して、大学の研究室から持ち出したものです。飲めば、しばらくは具合が悪くなるでしょうけど、それだけ。彼は毒を盛られたことにさえ気がつかなかったと思います」

「だとしても、露見すれば罪に問われます」

「ちょっと懲らしめたかっただけなんです。でも、彼にはチャンスを与えました」

店員が首をかしげる。「チャンス？」

「彼が既婚者であることには、薄々勘づいていました。一年近くも一緒にいたんです、少しくらいは違和感を持たないほうがおかしい。なのに彼は、何があったのかは知りませんが、都合が悪くなると私を切り捨て、あまつさえ既婚者であることを白状しないまま逃げ切ろうとしました。私はそれが許せなかった。だから、質問をしました」

――あなた、私と結婚しようと考えたことが一瞬でもあった？

「その気はなかった、なぜならすでに結婚しているから。正直にそう告白してくれれば、私は彼を許し、カップを下げさせるつもりでした。なのに彼は、あったよ、などと見え透いた嘘を。その瞬間、私の心は決まりました」

「それ……嘘だったんでしょうか」

私は固まった。「どういうこと？」

「奥様と別れてあなたと再婚する。彼が本気でそう考えたこともあったんじゃないか、と感じただけです。たとえ彼がどんなに卑劣でも、あなたが彼に愛された事実まで、なかったことにしなくてもいいのでは、と」

勝手なことを申してすみません。店員はそう言い、頭を下げた。

妻がいながら、私と結婚することを考えた？

最後の質問に、彼はちゃんと正直に答えてくれていた？

だが、だからと言って何になるだろう。

「帰ります」

私は告げ、席を立った。店員が問う。

「その小瓶の中身、本当に、命の危険はないのですよね」

「ええ。持ち出したことがバレると問題になるので、研究室に返しておきます」

店員がまだ何か言いたそうにしているのを無視して、私は店の外に出た。

あてどもなく歩いているうちに、鴨川のほとりに出た。川岸に腰を下ろし、バッグの中から再度、小瓶を取り出す。

さっき、私は嘘をついた。コーヒーの残りに混ぜられるほどの少量であれば、具合が悪くなる程度で済む。だが、この瓶の中身を一気にあおれば、死ぬかもしれない。そういう毒物を選んで、持ってきた。

――彼と別れるくらいなら、死んだほうがマシ。

瓶の蓋を開ける。口元に運んで傾けようとしたとき、ふと店員の台詞が脳裡によみがえった。

――私は、あなたを救いたかったんです。

私は瓶を下ろすと、蓋をきつく閉め直した。その中に閉じ込めた彼との思い出が、二度とあふれ出ることのないように。

ママと かくれんぼ

――ママは、あたしのことを愛してくれていたんだろうか。

1

その喫茶店のドアを開けるときは、ちょっと緊張した。

スタバとかそういうカフェなら普通に行くことあるけど、こんな古臭い感じの喫茶店に入るのは初めてだったから。あたしみたいな女が入るのは場違いだって思ったし、お店の人や常連客に眉をひそめられでもしたら嫌だなっていうか、まぁ自意識過剰なのかもしれないけど、そんな風に考えたりもした。

ドアを開けたら鐘の音がカランカランって鳴って、店内からあふれ出してきた冷気が汗をかいたあたしの体を撫(な)でた。こっちに目を向けていらっしゃいませって言った女の店員が、想像よりずっと若かったことにあたしは拍子抜けした。

待ち合わせの相手は、すぐに見つかった。

窓際のテーブル席に座ってる、ワイシャツにグレーのスラックスのしょぼくれたオッサン。男のひとり客は、そいつしかいなかったからだ。向こうのほうでも、あたしを見ると肩を丸めたまま、自信なさそうに手を挙げた。浮かせかけて止めた腰、定まらない視線、いい歳こいたオッサンが、まるでおびえた子犬みたいな仕草だ。

――気色悪い。

あたしはオッサンの席に近づいて、向かいの椅子に腰を下ろした。デニムのショートパンツから伸びる足を組むと、オッサンが見ちゃいけないものでも見てしまったみたいに目を逸らす。意識してんじゃねーよハゲ。

さっきの女性店員がお冷を持ってきた。こういう店で何を注文すべきかわからなかったあたしは投げやりに、

「キャラメルマキアート」

「そういうのは、この手のお店には……」

ない、と言いかけたオッサンをさえぎって、店員が答えた。

「ございますよ」

笑顔のかわいい店員さんだな、とあたしは思った。まぁ、プライベートで知り合ってたら、性格違いすぎて全然仲よくなれなかっただろうけど。こういう清楚系の女ってたいてい腹黒いし、メンヘラビッチだし、はっきり言ってあたしが一番嫌いなタイプ。

オッサンが持参したタオルで不自然に広い額の汗を拭いてから言った。

「初めまして。英美里さん」

あたしはそっぽを向いてシカトする。

いだろう」

「下条です。今日は、遠路はるばる京都まで来てくれてありがとう。八月の京都は暑

「話って、何」

さっさと用件を話してほしかった。あたしがぶっきらぼうに言うと、オッサンは面食らったように固まってから、それをごまかすみたいにお冷を口に含んだ。

――オッサンからいきなり電話がかかってきたのは、二週間前のことだった。

そのときあたしは地元の横浜で、友達と二人でカラオケにいた。平日の昼間で、そのあと出勤しなきゃいけなかったけど、あたしたちは気にせずお酒を飲んでいた。

去年の秋に成人して――ハタチになった瞬間は彼氏と一緒にお祝いしたけど、それから二ヶ月もせずにそいつとは別れた――もう子供でも学生でもなくなったのに、定職にも就かずガールズバーで働きながらその日暮らしをしていることを、弁護士という世間的には立派な肩書きを持つパパはよく思っていない。けど、元はと言えば高校生のころパパの締め付けが異常に厳しいことにキレたあたしが、家出して友達の家を渡り歩くうちにこんな生活になったわけだから、パパは自業自得っていうか、文句を言えるような立場じゃない。いまはお金が足りないから仕方なく実家でパパと二人暮らしをしてるけど、本当は一日でも早く家を出たいと思ってる。

あたしが西野カナの『トリセツ』を歌ってると、スマホが鳴った。シカトしようか

とも思ったけど、知らない番号だったから、ガールズバーの客かもしれない。だとしたら、出ておかないと面倒なことになりかねない。

「ごめん、電話」

あたしが曲を止めながら言うと、友達――同じガールズバーで働くキキは、

「えー。冷めるわー」

「しょうがないじゃん。ひとりで歌ってて」

寂しいー、となおも苦情を言うキキを残し、部屋を出て受話器のボタンをタップした。

「はい」

『結城英美里さんだね』

明らかに歳食ってるのがわかる男の声が聞こえて、あたしは警戒した。ガールズバーでは、本名なんて名乗ってない。

「誰」

『驚かせて申し訳ない。私は下條敏夫といいます。あなたの実のお母さんの、現在の夫です』

胸の奥が、ざわざわってなった。

「……ママの夫？　え、てか、何でこの番号知ってんの」

取り乱しつつ、かろうじて発した質問がそれだった。

『きみのお父さんに聞いたよ。弁護士さんとのことだったから、すぐに調べがついたのでね。事務所に連絡して事情を説明したら、教えてくださった』

いくらママの夫とはいえこんな見ず知らずのオッサンに、本人に無断で電話番号教えるなんて最低。あとでパパに文句言っとかなきゃ、と思った。

「ふうん。で、何の用？」

『実は、英美里さんに大事な話があってね。私たち夫婦の暮らす京都に来てもらえないだろうか』

鏡がなくても、眉間に皺（しわ）が寄るのがわかった。こいつ、何言ってんの？

「電話じゃできない話なわけ？」

『あぁ、そうだ』

「だとしても、そっちが来るのが筋じゃない？」

『申し訳ないが、そうできない理由があるんだ。もちろん、交通費や宿泊費はすべてこちらで持つ。何泊していってもいいし、ひとりが心細ければお友達を連れてきたって構わない。ついでに京都観光したり、ＵＳＪで遊んだりしていくといい』

ただで京都旅行できるなんて、普通なら詐欺じゃないかと疑うところだ。けど、パパが事情を把握しているのなら、少なくともひどい目に遭うことはないんだろう。パパとはもう何年も不仲だけど、さすがに弁護士のくせして娘が騙されるのを黙って見過ごすような父親じゃない。

その場で決められるようなことじゃなかったから、いったん考えさせて、と伝えて電話を切った。部屋に戻ると、キキに訊かれた。

「何の電話だったん？」

「よくわかんないけど……なんか、京都に来てほしいって言われた。お金は向こうが全部持つし、友達連れてきてもいいって」

「何それ。客？」

「じゃなくて……親戚、っていうか」

「めっちゃいいじゃん。あたしも連れてってよ」

「え、本気？」

「だって、あたしのぶんも金出してもらえるんでしょ。行きたいに決まってんじゃん」

キキがそう言うなら行ってもいいかな、と思った。友達と一緒なら、何が起きても楽しい旅行になるってわかってたし。

そういうわけで、あたしは今日、新横浜から新幹線に乗って京都へとやってきた。そしてこの、オッサンが待ち合わせ場所に指定した喫茶店を訪れたのだ。ちなみにキキは、さすがに縁もゆかりもないオッサンとお茶する趣味はないとのことで、いまはひとりで過ごしてもらってる。

「話というのはね」

オッサン――下條が語り出す。

初めて会うママの夫は、自分の親と同世代とは思えないくらい老けていた。ハゲてるし、くさそうだし、全然かっこよくもないくせに性欲だけはいまだにありそうな、どこにでもいるオッサン。ママが地元の京都府福知山市にいたころから仲がよかった先輩だって聞いてるから、実際にはママとそんなに歳は変わらないんだろうけど。あたしだけじゃなくてキキのぶんの旅行代まで出してくれたくらいだし、お金には困ってないはずだけど、着ている服はよれていてとても金持ってそうには見えなかった。

あたしはパパのことも嫌いだけど、少なくともパパは高収入だし、身なりもきれいだし、髪もふさふさだ。美人で、看護師をやっていて、ナース服に負けないくらい色白だったママが、パパと別れたあとにこんなオッサンと再婚したっていうのは、娘としてはなんかガッカリだった。

「単刀直入に言おう。きみのお母さんは――優里はいま乳がんで、ここからすぐ近くの京大病院に入院している。もう、長くないそうだ」

肩を落とす下條の仕草が、いかにも芝居がかって見えた。

――そんなことだろうと思った。

「ママっていま何歳なの」

「来月で四十五歳になるよ」

そんな若さでママが死にかけてることはそれなりにショックだったけど、それはママだからっていうより、同じ女として、って感じだった。

「で、それをあたしに教えてどうすんの」

平気なふりして訊ねる。下條は、テーブルに両手をついて深く頭を下げた。

「優里に会いに来てやってほしい」

あたしは絶句した。その稲妻のような感情が過ぎ去ると、続いて湧き上がったのは怒りだった。

「……あたし、ママに捨てられたんだけど」

両親の離婚が成立したのは、あたしが五歳のときだった。あたしはママではなく、パパに引き取られた。まわりにも親が離婚した子は何人もいたけど、女の子なのに父親に育てられていたのは、あたしの知る限りでは自分ひとりだった。そのうえ、ママが離婚からわずか二、三年のうちに別の男と再婚したことも聞き知っていた。あたしは成長するにつれてそれらの事実を、自分はママに捨てられたんだと解釈するようになっていた。

「彼女にも、いろいろと事情があったんだよ」

そんなの、こっちの知ったこっちゃないし。

「きみのお父さんは、妻を異常に束縛したがる男だった。彼女はそれで精神的に参って、離婚せざるを得なくなったんだ」

あたしはパパの、冷ややかな眼差しを思い浮かべる。言葉にこそしないけど、自分が頭いいからって他人を見下してそうな、何もかも思いどおりにならないと気に入らないと言いたげな、あの眼差し。

パパはあたしの教育にも厳しかった。その反動で、あたしはこんな風に育った。ママのことを束縛してたというのも、たやすく想像できる――というより、パパは支配したかったんだろう。ママも、あたしも。

「もちろん、それと娘を手放したこととは別問題だ。だが、とにかく優里は限界だった。弁護士を相手取って親権を主張するほどの余裕がなかった」

「そんなこと言われたら、あたしはどうなるんだよ」

あたしは吐き捨てる。

「あの人は、面会にすらただの一度も来てくれなかった」

「きみのお父さんに拒まれていたそうだ」

「そういうの、権利が認められてるんじゃないの」

「よほどうまく立ち回ったんだろう。専門家が相手じゃ、太刀打ちできない」

「だとしても、連絡くらい取れたでしょ。ちっちゃいうちはまだしも、あたしもうハタチだよ。十五年も何してたんだよ」

反論できずにいるオッサンを見てるとイラついてきて、あたしは舌打ちをした。

女性店員がホットコーヒーとキャラメルマキアートの入ったカップを運んできた。

あたしが息を吹いて冷ましていると、下條がうなるように言う。

「……最近、優里はうなされることが増えてね。よく、きみの名前を呼んでいる」

「あたしの？」

「私たちのあいだに、子供はできなかったからね。私は初婚で連れ子もいなかったから、きみはいまでも、優里の唯一の子供だ」

だから、最後に一日会わせてやりたいんだ。下條の台詞を、あたしは上の空で聞いた。

ずいぶん勝手だなと思う。幼いころのあたしは、いつだってママに会いたいと思ってた。その気持ちに応えることはしないで、この期に及んで会いたいだなんて。

でも――一時の感情で、拒絶していいものなのだろうか。

この機会を逃せば、もう二度とそのときは訪れない。

答えを出せずにいるあたしを見て、下條は畳みかける。

「うなされながら、優里はいつもきみに謝っている」

——英美里、ごめんね。本当にごめんなさい。

「それから、公園、とも」

「公園？」

その単語が突飛に感じられ、あたしは訊き返した。

「私も優里に、公園とは何のことかと訊ねた。いわく、きみとの大切な思い出があるんだそうだ。もっとも、きみは幼かったから憶えてはいないだろう、とも話していたが」

下條の説明とは裏腹に、あたしの脳内にとある光景がフラッシュバックした。

暮れかかる空。子供たちの声。こめかみを伝う汗。ママとつないだ、手の温もり。

「なんか、憶えてる」

あたしがつぶやくと、下條が目を丸くした。「本当に？」

「ママがいなくなる、少し前だったと思う。二人きりで、知らない公園へ行ったことがあった」

言われるまで、忘れていた。下條が知ったような口を利く。

「優里は限られた時間で、きみとの思い出作りをしようとしていたんじゃないのかな。きみのことを、愛していたから」

そうなんだろうか。だとしたら、娘のあたしはせめて一度、ママに会いに行ってあげるべきなのかもしれないけど。

　踏ん切りのつかないあたしに、下條が微笑みかけて言った。

「よかったら、聞かせてくれないかな。その、公園の話を」

　催眠術にでもかけられたみたいに、気がつくとあたしは語り始めていた。

2

　パパがママを異常なほど束縛してたっていうのは、たぶん本当。

　いま思い返せば、だけどね。ようやく言葉がしゃべれるようになったくらいの、まだちっちゃい子供だったころから、あたしは毎日、仕事から帰ってきたパパに一日の出来事を報告させられてた。まさに洗いざらいっていうか、細かいことまで全部。

　いままでは、娘の話をよく聞こうとする父親だったんだな、くらいにしか思ってなかったよ。けど、あらためて思い返すと、あれは常軌を逸してた。きっと、パパはあたしを通じてママを監視してたんだろうね。子供って、どんなに口止めされたところで、嘘はつけないものだから。

　そんなパパに、ママはいい加減、愛想が尽きてたんだろうな。あるとき、パパがめずらしく出張で家にいない日に、いきなりこんなことを言ったんだ。

「英美里、いまから公園へ行ってかくれんぼをしましょう」

あたし、そのころかくれんぼが大好きでさ。すぐ乗り気になったんだけど、ママがうちの車に――よくあるハッチバックのファミリーカーだった――あたしを乗せたとき、あれって思った。だって、ママとよくかくれんぼをしていた近所の公園には、いつも歩いて向かってたから。どうしてわざわざ車に乗るんだろう、って疑問だったんだよね。

そうして始まったドライブは、永遠にも感じられるくらい長かった。

ママと二人きりで遠出なんてほとんどしたことなかったから、あたしは楽しかったよ。けど、いつになったら公園に着くんだろう、もしかしたら公園っていうのはあたしの聞き間違いだったのかな、なんて考えたりもした。

「だれがおにをやるの」

運転してるママに訊ねたら、ママは前を向いたままで答えた。

「パパだよ」

そのときは、なんだパパもあとから来るんだ、って思っただけだった。

ママはどういうつもりで、「パパだよ」って言ったんだろうね。パパが追いかけてきて自分たちを探し出すのを、本気で恐れてたってことなのかな。

結局、何時間車を走らせたのかはわからない。途中で休憩をはさんだりしながら、最終的にはちゃんと公園に着いたんだけど、そのころにはもう夕方になってた。ママが駐車場に車をとめたら、正面から射す西日がまぶしくて目を開けられなかったことなんかを妙に憶えてる。

――いやに具体的だね、って？　あたし、昔からパパと違ってバカだったけどさ。その代わりって言っていいのか、映像記憶だけはすごくよかったんだ。だからあの日のことも、映像として残ってるんだよね。

長時間のドライブで疲れてもいたから、あたしは車を降りるとまずママに、「ここはどこなの」って訊ねた。ママは、「ママが小さいころによく遊んでた公園だよ」って言ってた。当時はそれがどこを指すのかもわからなかったから聞き流したけど、あたしたちが住んでた横浜から、福知山まで車を運転したってことだよね。とてもじゃないけど気軽に運転できる距離じゃないし、そうすることも辞さないくらい、ママは精神的に追い詰められてたんだろうな。いま思うと、ね。

公園は広々としてて、走り回ってる小学生の集団がいたり、柴犬だかポメラニアンだかの散歩をしてるおじいさんがいたりした。

「さぁ、英美里。急いで隠れなきゃ、パパに見つかっちゃう」

ママはあたしの手を引いて、公園の管理施設みたいなところに連れていった。プレハブとまでは言わないけど、まぁ小屋だったね。壁は全面鼠色で、正面に小さな窓とカウンターがあって、そこから公園の様子を見渡したり、利用者と会話をしたりできるようになってて。裏側に回ると、出入り口のドアがあった。

施設の中には誰もいなくて、ドアにも鍵がかかってた。正確なことはわかんないけど、もう遅い時間だから閉めちゃってたのかな。これじゃあ隠れられないなと思ってたら、ママが肩にかけてたトートバッグから鍵を取り出して、ドアを開けちゃったんだよね。なんでママ、公園の管理施設の鍵なんて持ってたんだろ。

――ママのお父さんが？　へぇ、おじいちゃん、もともと市の職員で、定年後の再就職で公園の管理を任されてたんだ。それじゃあ、おじいちゃんが持ってた鍵を、ママが何かの隙に複製でもしたんだろうね。見たところごく普通の鍵だったから、そんなに難しいことじゃなかったと思うな。

あたしとママは、明かりのついてない薄暗い管理施設に入った。中は狭くて、土足で入るようになってたからか、ちょっと砂っぽいにおいがした。デスクと回転椅子があって、部屋のあちこちにノートやペンや掃除道具なんかが雑多に置かれてて無機質な印象だった。唯一、隅っこの二人掛けのソファーだけが、クリーム色で温かみを感じたな。きっと、迷子を保護したときにでも使用してたんだろうね。

そのソファーに、あたしとママは並んで腰を下ろした。右手に見えるデスクの上の銀色のデジタル時計には、「05:21」と表示されていた。

その数字を、意味もわからずながめていると、ママがささやいたんだ。

「ここなら見つからないからね」

そのときのママの顔、はっきり記憶に残ってる。かくれんぼにはちっともふさわしくない、思いつめたような表情で。

たぶん、パパから逃げてきたはいいものの、身を寄せられる場所も思い浮かばず途方に暮れてたんだろうな。普通は実家にでも行けばよさそうなものだけど、ママの親くらいの世代だと、離婚を恥だと考えてる人も少なくなさそうだもんね。弁護士という立派な肩書きと安定した収入を持った相手と結婚して、その人の束縛がきつすぎて苦しんでることなんて、自分の両親にはわかってもらえなかったのかも。

あたしは本当にかくれんぼをしてると思ってたから、パパに見つからないように黙ってたんだけど、施設の中は冷房も効いてなくて、暑かった。そしたらママが、バッグから水筒を取り出して言った。

「カフェオレ、作って持ってきたよ」

あたし、まだ五歳だったのに、ママの作る甘くて温かいカフェオレが大好きだったんだよね。子供にカフェインはあんまりよくないって聞くけど、あたし当時は昼夜を問わず本当によく眠る子供で、カフェオレ飲んで眠れなくなったことはなかったから、たぶんコーヒーはちょびっとしか入ってなかったんだと思う。逆にもっと小さいころは、全然寝なくてママを困らせてた記憶があるんだけど、そういうのも成長するにつれて変わるのかな。

夏の暑さがまだ残ってる時季だったから、水分補給のために用意してたんだろうね。ママと一緒に息を潜めて飲むカフェオレは、ほんのり温かくておいしかった。

カフェオレを飲み終えて、あたしは少しうとうとしてたと思う。ママが突然、意を決したように言ったんだ。

「英美里、やっぱり帰ろう」

あたしはきょとんとして、「パパは？」って訊き返した。するとママは、「ここには来ない」って。

いろんな葛藤があったんだろうな。ただ、こんなところで隠れてたって何の解決にもならないって、ママも気づかされたんだと思うよ。

ママに手を引かれて施設を出る寸前、あたしはもう一度、デスクの上のデジタル時計を見た。表示は「05:26」になっていた。施設に隠れてたのは、たったの五分間だったんだ。そのときは時計の見方さえわかんなかったけど、いま思い返すとびっくりだよね。すごく長い時間、ママと二人きりで隠れてたような気がしてたから。子供って、大人よりもずっと時間を長く感じる生き物なんだろうね。

建物の外に出ると、公園は静かになってた。犬の散歩をしてるおじいさんはいたけど、さっきまで遊んでた子供たちはひとりもいなくなってた。空はまだ赤かったけど、車に乗り込んだときにはもう、西日がまぶしいとは感じなかった。かくれんぼしてるあいだに、山の向こうに日が沈んだのかな。

車に乗り込む前にも、あたしはカフェオレを飲ませてもらった。でも、もう帰らなきゃいけないいんだってがっかりしてたせいか、最初に飲んだときと違ってあんまりおいしくなかったな。なんか、ちょっと酸っぱい感じがしてさ。

長時間のドライブでさすがに疲れてたのか、ママが運転を始めるとすぐに、あたしは眠ってしまった。家に帰るところもよく憶えてなくて、気がつくと家のベッドにいて、外が明るくなってた。まさか、朝まで眠ってしまうなんてね。あたし、本当によく眠る子供だったんだなぁ。寝ぼけた頭で、昨日のあれは何だったんだろうって考えてると、すべてが夢だったみたいな心地がした。

その日の夕方、パパは出張から帰ってきた。いつもどおりパパがいないあいだの出来事を訊かれたから、あたしが正直に答えると、パパはものすごく驚いてた。そりゃそうだよね、娘を連れて横浜から福知山まで車で往復したっていうんだから。パパが「何考えてるんだ」ってママをなじってたの、怖かったから耳に残ってる。

それから間もなくだよ、パパとママが離婚したのは。あたしはパパに引き取られて、ママには捨てられたんだなって思ってたけど、きれいで、看護師っていう人のためになる仕事をしていて、一度も叱られた記憶がないほど優しかったママのことを恨む気にはなれなくて、ただただ寂しいって泣いてたっけ。

ママはその後、一度もあたしに会いに来てはくれなかった。はやばや再婚したらしいこともパパから聞いてたし、あたしはずっと、ママに愛されてなかったんだと思ってた。けど……。

だとしたら、あたしはママと二人きりでかくれんぼしたあの日の思い出を、どう受け止めればいいんだろうね。

3

「そんなことが……」

下條は、難しいこと考えてるみたいな顔してる。

こんな話を、ママの現在の夫といえども初対面のオッサンにするつもりなんてなかった。でも、思い出しちゃったものはしょうがない。

キャラメルマキアートは苦みと甘みのバランスがよくておいしかった。あのころの、ただ甘いだけのカフェオレが好きだったあたしはもう、ここにはいない。

「娘のあたしのことを愛してくれてなかったくせに、自分が死にそうなときだけ会いたいだなんて勝手すぎるから、病院へ行ってあげようとは思わない。けど……公園に行ったあの日のことを思い出すと、やっぱりママはママなりに、あたしのこと愛してくれてたのかな。あたしを連れてパパから逃げようとして、でも最後まで逃げ切る勇気が持てなかっただけなのかも」

「本当は、優里は娘を引き取りたかったんだよ」

下條が言う。

「だが、母子家庭にともないがちな経済的事情などにより、それは叶わなかった。何せ、きみのお父さんは弁護士で、そういった争いに勝つ方法は熟知していただろうからね」

詳しいことはわかんないけど、たぶん一般的には母親が親権を持つことのほうが多いんだろう。でも、ママを異常なまでに束縛していたパパなら、娘を引き取るためにあらゆる手を尽くしたような気はする。思うにそれは、娘への愛情ゆえじゃなくて、自分を拒絶したママに対する報復の意味合いが強かったんじゃないだろうか。

「優里はきみのお父さんの束縛に限界を感じ、一度は娘を連れて地元に逃げようとした。けれども両親が自分に味方してくれないであろうことは彼女にとって明白で、仕方なくたまたま鍵を持っていた公園の管理施設に身を潜め、今後の対策を練ろうとした。しかしそこで、彼女はこのまま夫から逃れ続けるのは無理だと悟り、決意を翻して横浜の自宅へ帰ることにしたんだ」

下條がママの行動を整理すると、もはやそうだったとしか思えなくなった。

「夫との離婚を覚悟したとき、優里は娘のきみとともに逃げた。本当は、きみと一緒にいたかった証拠だよ。彼女はきみを愛していて、だからきみを手放してしまったことを生涯にわたり悔いていたんだ」

――英美里、ごめんね。本当にごめんなさい。

聞いたこともないはずのママの言葉が、耳の奥で鳴っている。

「じゃあ、一度も会いに来てくれなかったのも……」

「娘を連れ去った前科を持つ母親に、娘を会わせるわけにはいかない。そう、きみのお父さんが主張したんだろうね」

あたしはショートパンツの先からのぞく、自分のひざのあたりを見つめていた。

愛情なんていう、数値じゃ測れない曖昧なもので、親権の行き先が決まるわけじゃない。そんなことはとっくにわかってたはずなのに、あたしはずっと、ママの本心を勝手に決めつけていた。何も知らなかった、思い出そうともしなかったくせに。

ママは、あたしを愛してくれていた――そのママが、この世を去ろうとしている。

「福知山には、神隠しの言い伝えがあってね」

下條によれば、柳田國男（やなぎたくにお）って人の『山の人生』っていう本に、それは記されているのだという。

「日が暮れてからかくれんぼをすると、隠し神さんに隠されるんだそうだ。おそらく優里は、その伝承を知っていたんじゃないかな。だから日の暮れかかる中、きみとかくれんぼに及んだ。夫に娘を渡すくらいなら、いっそ娘ともども神様に隠してもらえないだろうか――そんな、非現実的なことを願って」

ママの思いつめた表情が、昨日見たみたいにありありと浮かぶ。

「ひょっとすると、きみがたったの五分間をものすごく長く感じたのも、本当に神隠しに遭っていたんだったりしてな。そんな体験をしたからこそ優里は、ずっとそこに留まってはいられないと観念して、引き返すことにしたのかもしれない」

ちょっと空想が過ぎるかな。そうつぶやいて、下條ははにかむように息を洩らした。

次に顔を上げたとき、あたしの心は決まっていた。

「あたし、ママに会うよ――」

ところが、だ。

そう言いかけた瞬間、思いがけない方向から、声が飛んできた。

「全然違うと思います」

例の女性店員が、あたしたちのテーブルのそばに立っていた。

あらためて、あたしは彼女をまじまじと見つめる。小柄で、あたしよりは歳上だろうけど若くて、見た感じはバイトっぽい。でも、きれいに切りそろえられた前髪の下には、さっきかわいいと思った笑みは微塵（みじん）も浮かんでいなかった。

「何だね、きみは」下條がむっとして問う。

「当店バリスタの切間と申します。大変申し訳ないのですが、お客様の会話が、私にも聞こえてしまいました。なにぶん静かなお店ですので」

女性店員――切間が頭を下げる。

「聞こえたから何だって言うんだ。店員が客の家族の話に口をはさむとは、言語道断だぞ」

何が家族だよ、偉そうに。あたしは鼻で笑ったけど、あたしとママの血がつながってるのは事実だ。

「重ねてお詫び申し上げます。ですが、私は看過できませんでした。大切なお客様が、目の前で騙されているのを」

その声を聞いたあたしは、遅れて理解した。

――この人、怒ってる。

「人聞きの悪いことを――」

「騙されてるって、どういうこと？　いまの話の、何が全然違うっていうの」

下條が言い返すのをさえぎって、あたしは訊ねた。

「おい、きみ」

「うっせぇな。オッサンは黙ってろよ」

あたしが怒鳴ると、下條は青ざめて口をつぐんだ。このくらいでビビるとは情けない。子育てとかしたことないから、若い女に刃向かわれた経験がないんだろう。

「あたしはこの人の話を聞いてみたい。それからでなきゃ、ママには絶対に会いに行かないから」

切間がこちらを見たので、あたしはうなずいて許可を与えた。咳払いをしてから、切間が語り出す。

「英美里さんのお話を聞いていて、違和感はいくつかありました。ひとつは、帰りの場面。英美里さんは車に乗り込んですぐに眠ってしまい、目覚めたら自宅のベッドにいて、外が明るくなっていた、と」

そのとおりなので、あたしは首を縦に振る。

「いくらよく眠る子だったといっても、さすがに寝すぎではありませんか？　仮に外が明るかったというのを日の出の時間帯だったと仮定しても、一晩じゅう寝ていたことになりますよ」

「でも、疲れてたらそのくらい眠ることはあるだろうし……それに、あたしも途中で一度も目を覚まさなかったかどうかまでは、憶えてないから」

納得した様子ではなかったが、切間は話を先へ進める。

「かくれんぼをしていたのは、英美里さんの記憶によればたったの五分間でした。その五分のあいだに、公園で遊んでいた子供たちがみんないなくなっていた点については？」

「単なるタイミングの問題だ」下條が切って捨てる。

「犬の散歩のおじいさんはまだいたけど」

あたしも同調すると、切間が鋭く切り返した。

「英美里さんは優れた映像記憶をお持ちで、当時のことも鮮明に憶えておられるのですよね。にもかかわらず、犬の種類についてこうおっしゃいました——柴犬だかポメラニアンだか、と」

「それは……はっきり思い出せなくて。遠目だったから区別がつきにくかったのかもしれないし」

「そうでしょうか。柴犬とポメラニアンでは、サイズも毛の感じもずいぶん違うと思うのですが」

「印象的な出来事ならともかく、見知らぬ人が連れていた犬の種類なんて忘れて当然だろう」

あたしは下條の言うとおりだと思ったけど、

「忘れた、もしくは犬種を特定できなかったのであればまだしも、柴犬かポメラニアンかというところまでは思い出せるのですよね。その二つで曖昧になっている点が解せないのです」

「おい、どっちなんだ」

詰め寄る下條をにらみつけ、あたしは考え込む。けれど、すぐに首を横に振った。

「だめ。柴犬だったような気もするし、ポメラニアンだったような気もする」

満足げに微笑み、切間はさらなる違和感を挙げた。

「車に乗り込んだとき、すでに西日はまぶしくなかった、ともおっしゃいましたね。管理施設に隠れていたのはたったの五分間、移動時間を合わせても十分程度だったと考えられますが、そんな短い時間で日が暮れてしまったのでしょうか」

「ちょうど日が沈む瞬間だったんだ」

なんで下條がムキになっているのかが不思議だ。

「娘を連れて、横浜から福知山までという長距離を車で移動されたのですから、英美里さんのお母様はよほどの覚悟があって、夫のもとから逃げ出したと見るのが自然でしょう。にもかかわらず、管理施設にいるあいだのたったの五分間で翻意して帰ることにしたのはなぜでしょうか」

「管理施設には、長くても翌朝までしかいられない。ほかにあてもなければ、自宅に帰るより仕方ないじゃないか」

「実家の両親に掛け合ってみることさえせずに、ですか？　あるいは、福知山は地元なのですから、せめて一晩泊めてくれる友人だって探せば見つかるかもしれなかったのに」

「優里は繊細で、図々しいことを人にお願いできない性質だったんだ。だから夫に抵抗もせず束縛され、追いつめられても逃げることしかできなかった」

テニスでいえばボレーで打ち返すような真似はせずに、切間は一呼吸おいてから口を開く。

「私は優里さんのお人柄を存じ上げませんから、夫のあなたがそうおっしゃるのであれば、そのとおりなのかもしれません。ほかの点についても、反論を百パーセント否定するほどの確たる証拠を持ち合わせているわけではありません」

「だったら、これ以上は……」

「ですが私には、ここまで指摘してきた数々の違和感をもっと端的に解消する、ひとつの仮説が存在するように思えてならないのです」

「何？　その仮説って」

あたしは身を乗り出す。

切間が告げたのは、当事者のあたしでさえ一瞬たりとも疑ったことのなかった、衝撃の真実だった。

「英美里さんは五分間ではなく、十二時間と五分のあいだ、公園の管理施設にいたのではないでしょうか」

4

あたしは何も言えずに固まっていた。その言葉が含む恐ろしさから、目を逸らすので精一杯で。

「バカなことを言うな。五歳の子供が、十二時間もおとなしくしていられるわけがないだろう」

下條が唾を飛ばして反論する。対照的に、切間は怖いくらい冷静だ。

「普通はそうでしょう。でも、睡眠薬を飲まされていたとしたら？」

「睡眠薬……だと」

「優里さんは看護師だったのですよね。ならば、睡眠薬は入手しやすい立場にあったと言えるでしょう。彼女は娘を薬によって強制的に眠らせ、夕方の五時台と早朝の五時台を誤認させることで、十二時間の空白を作り出したのです」

あたしが見た施設内のデジタル時計が午前と午後の十二時間表記であったことは夕

方の時点で明らかだった、と切間は補足する。ママがそのことをあらかじめ知っていたのかはわかんないけど、どっちにしてもあたしが時刻を記憶するとは思わなかっただろう。

「そんなに都合よくいくものか。睡眠薬で眠らせることはできても、時間まで調整できるわけがない。だいいち、幼児に睡眠薬を飲ませるなんて、下手したら命に関わるぞ」

「ですから、事前に何度も実験したのでしょう」

それを聞いて、あたしは血の気が引いた。

「英美里さんはよく眠る子供だった、と。優里さんは娘に、初めは少量から睡眠薬の投与を開始し、少しずつ量を増やしながら、どれだけの量を飲ませればどのくらいの時間眠っていてくれるのかを確かめたのです」

「待ってよ。あたし、ママから薬飲まされた記憶なんてない」

あたしは必死で否定する。

「あの日は絶対飲んでないし、それ以前にも一度か二度ならともかく、日常的に薬を飲まされてたなんてことはなかった」

「では、カフェオレに混ぜてあったのでしょうね」

切間がさらりと言ってのけるので、あたしはあぜんとしてしまう。

「英美里さんはカフェオレが大好きでした。お母様はそこに目をつけた。強烈な甘みとコーヒーの苦みがあれば、睡眠薬の味はかなりカムフラージュできるでしょうから。幼児でありながら、カフェインの影響を受けずよく眠っていたことがその証拠です」

「じゃあ、コーヒーがちょっとしか入ってなかったから眠れたっていうのは、あたしの思い込みだった……？」

「もしかすると、初めのうちはただ、育児疲れなどから子供を眠らせたい一心で投与していたのかもしれませんね。けれども優里さんはそれを、空白の時間を生み出すのに利用できると気づいてしまった」

もっと小さいころのあたしは全然寝ない子供で、よくママを困らせてた。突然よく眠るようになったのは、言われてみれば、カフェオレを好きになった時期と重なっている気がする。

「英美里さんは管理施設で眠った記憶がないようですが、カフェオレを飲んだあとでうとうとしていたことは憶えておられましたね。おそらくはそのとき飲んだカフェオレに、英美里さんを十二時間程度眠らせるのにじゅうぶんな量の睡眠薬が溶かされていたのでしょう」

だから、すごく長い時間かくれんぼをしていたような感覚があったのか。実際に、十二時間という時が経過していた——あれは、神隠しのせいなんかじゃなかった。

「そして車に再び乗り込む前にも、英美里さんはカフェオレを飲みました。目を覚ました状態だと夕方ではなく朝であることを悟られてしまうので、優里さんはここでも娘を眠らせる必要があったのです」

「全部、ただの臆測じゃないか。優里がそんなことを実行したという証拠はあるのか」

十五年も前の出来事に証拠なんてあるはずがないと、下條はたかをくくっているように見える。でも、切間は動じなかった。

「確証とまでは呼べませんが、根拠はあります」

「何だ、それは」

「カフェオレの味が変わっていたことです」

確かにあのとき、カフェオレの味は明らかに落ちていた。酸味が強く感じられたのだ。

「コーヒーは時間が経つにつれて酸化し、味が落ちていきます。特に、酸味がきつくなるのです。温度が高いほど酸化が進みますから、熱を持った状態で保温性の高い水筒などに入れるとより味が落ちやすくなるでしょう」

「だが、横浜から福知山まで車で移動するには、どんなに速くても片道六時間は優にかかるぞ。つまり、英美里さんが管理施設にいた時点で、カフェオレは水筒に入れてから六時間以上経過していたことになる。酸化したせいだって言うのなら、そのときすでに味が劣化してないとおかしいじゃないか」

「推測ですが、優里さんは水筒いっぱいにカフェオレを入れて持っていったのではないでしょうか。そうすれば当然、水筒内部に含まれる酸素の量は減りますから、酸化をある程度防ぐことができます。けれども英美里さんに飲ませることで、そのぶんだけ水筒に空気が入るので、その後は酸化が進んでしまいます。その味の変化を、英美里さんの味覚が感じ取ったのでしょう」

さすが喫茶店の店員って感じの、納得のいく説明だった。

「じゃあ、犬の種類がどっちだったか、あたしが思い出せなかったのも……」

「犬の散歩をしているおじいさんは、夕方と朝とで別人に変わっていたからです。一方が柴犬を、もう一方がポメラニアンを連れていたのでしょう。同一人物だと勘違いしたのは、たまたまおじいさんどうしの背格好が似ていたからでしょうね。子供の目から見て、犬よりもお年寄りのほうの区別がつきづらいことは考えられます」

「朝の五時台なら犬の散歩はともかく、公園に子供なんているわけないもんね」

「ええ。たった五分のあいだに帰ったと見るよりははるかに自然です。西日についても同じことが言えるでしょう。『朝焼けは雨、夕焼けは晴れ』という言葉もあるように、一般的には夕焼けの翌日は晴れることが、朝焼けのあとは雨が降ることが多いらしいのですが、日によっては夕焼けが見られた次の朝に朝焼けが見られることもあるそうです。英美里さんたちの乗ってきた車は西向きにとめられており、西日が正面から射していましたが、朝は太陽が東の方角にあるので、英美里さんはまぶしさを感じなかったのです」

先ほど切間が挙げたいくつもの違和感が、魔法をかけられたように解けていく。

「お話の中で、英美里さんは『夏の暑さがまだ残ってる時季だった』とおっしゃいました。それが九月ごろの出来事であったことを、ちゃんと憶えていらしたのですね。ご存じのように、九月は秋分の日があり、昼と夜の長さがほぼ同じになります。京都では朝の五時台に昇った日が、夕方の五時台に沈むのです」

その条件を利用して、ママはあたしに、およそ十二時間を五分間と錯覚させたのだ。もっともあたしはまだ五歳で、デジタル時計の数字の意味を理解できるとは考えにくかったから、日の出を日没と誤認させることができさえすればじゅうぶんだったのだろう。

「しかし……何のために、そんなことをする必要がある」

下條の質問に対する切間の反応は冷ややかだった。

「言うまでもなく、娘を眠らせているあいだに、やりたいことがあったのでしょう。たとえば——不倫相手との密会、とか」

「バカな！」オッサン、ブチギレてる。「そんなことのために十二時間ものあいだ、薬で眠らせた娘を人目のない管理施設に放置していったというのか」

「実際には、十二時間ずっと放置していたわけではないと思いますが……夫が出張で不在の折に、別の男性と密会する。よくある話です。娘を密会に連れていくわけにはいきませんでした。なぜなら、離婚調停で不利になるから。五歳児に嘘をつきとおさせるのは至難の業ですからね」

「だが、それこそ親や友人にあずけるとか、そうでなくても二十四時間保育を受け付けている施設を利用すれば……」

「だめだよ」あたしはため息をつく。「パパは、その日の出来事を全部あたしに報告させる人だった。ママがあたしを置いて出かけたって知ったら、それだけで疑いを持ったはず。ママは、ずっと自分と一緒にいたとあたしに勘違いさせるしかなかったんだ」

「それでも、どうせ娘を薬で眠らせるのなら、密会にも連れていったほうがまだしも安全じゃないか」

「密会のあいだじゅう、ずっと眠りこけている娘を見たら、さすがに相手は不審に思うでしょう。娘に多量の睡眠薬を投与していると知って、それでも平然と交際を続けるような人はほぼいないでしょうし、優里さんもそれをわかっていたから隠さざるを得なかったのです」

密会の相手には、娘は親に預けてあるとでも嘘を言えば済む。みずからも不倫に関わっている以上、相手がその情報を洩らすことはほぼありえないからだ。

「言わずもがな、娘を連れ回せば、薬を飲ませているといえども目を覚ますリスクも高まります。九月ですから、夜であっても車の中に寝かせておくのは危険極まりなく、ハッチバックの車なら人目を避けられるトランクもありません。その一方で、管理施設は施錠さえしておけば外部の干渉はありませんから、優里さんには比較的安全なように思えたのでしょう。万が一、窓をのぞき込まれても支障のないよう、娘をブランケットで覆い隠すくらいのことはしたかもしれませんが」

ブランケットのようなものをかけられていた覚えはない。けど、あたしは自分が眠らされていたことにさえ気づかなかったのだから、ママにとっては、ブランケットをかけておいてあたしが目を覚ます前に回収するくらいはたわいもなかっただろう。

「だったら、せめて自宅に寝かせておけば……」

「単純に一晩寝かせておいた場合、英美里さんはその不自然な睡眠をお父様に報告しますから、優里さんはやはり疑われたでしょう。したがって、自宅で寝かせておくとしてもどのみち、優里さんは娘に夕方と早朝を誤認させるなどの手段を講じる必要があったわけですが、密会相手が福知山近辺にいた都合上、そうすることが難しかったのだと思われます」

夕方、あたしを眠らせてから横浜を出発したとすると、たとえ新幹線や飛行機、夜行バスを使ったとしても、密会をして翌朝の日の出までに家に戻ってくることはできない。まして、最低でも往復十二時間かかる自家用車では不可能だ。

あたしはそう考えたけど、下條は食い下がった。

「行きは新幹線に乗って、帰りは長距離タクシーか、乗り捨てのレンタカーを使うという手もある」

「肝心なのは、優里さんがその手段を択ばなかった、という事実です。おそらくは、自宅に長時間寝かせておくよりは公園の管理施設のほうが、距離も近いし、目を離している時間も短くて済むので、まだしも気が楽だったのでしょう。優里さんがそう判断した以上、判断しなかった理由を追及するのは不毛です」

下條がぐっと言葉に詰まる。

「もう一点。英美里さんが早朝を夕方と誤認し、その後一晩じゅう寝ていたと証言した場合、優里さんは結局、夜間のアリバイを証明できません。しかしながら、娘を乗せた車で福知山から戻れば、優里さんは少なくとも夜間のうちの六時間、アリバイを確保できるのです」

思わず、あっと声が出た。

早朝を夕方と誤認しようがしまいが、あたしが一晩眠り続けたと認識することに変わりはない。でも、あたしが眠っているあいだに車が福知山から横浜まで移動していれば、最低でも六時間は車に乗っていたことが証明されるのだ。

「だから、優里さんはあえて車で福知山まで往復したのです。仮に十七時台に福知山を発ったと主張すれば、横浜に帰り着くのはどんなに早くても二十三時台だったことになります。その他、出発時刻を何時に設定したとしてもアリバイがあるのは夜間のうち六時間だけですが、娘を連れて横浜・福知山間を車で往復したという事実のインパクトのほうが強いので、空白の時間で密会したことまで疑われるおそれは小さかった」

パパが「何考えてるんだ」とママをなじってたのを、あたしは憶えている。切間の言うとおり、横浜・福知山間のドライブは、密会からパパの目を逸らすにはじゅうぶんすぎるほど異常な行動だった。

下條はむっつり黙っている。その肩が、震えているようにも見えた。

妻の狂人っぷりをいまさら思い知って打ちのめされた様子のオッサンに白い目を向けつつ、あたしは切間に訊いた。

「あたし、結婚してないし浮気もしたことないからよくわかんないんだけどさ。不倫って、そんなことしてまでやりたいものなの？」

管理施設に忍び込む。娘を睡眠薬で眠らせる。車で福知山まで往復する。そんな苦労は、たった一回のデートとなんかじゃ、とてもじゃないけど釣り合わないように感じたのだ。

「恋愛が人にもたらす衝動は、総じて他人には推し量れないものであるとは思いますが……」

さも経験豊富そうな前置きをして、切間が答える。

「それでも、優里さんがそうまでして密会を強行したのには、大きく二つ、理由があったのではないかと推察します。ひとつは、夫が出張で不在だったこと。それでなくても、娘を通じて妻の行動を監視するほど束縛のきつい男性でした。めったにない出張は、別の男性と思いをかよわせていた優里さんにとって、またとないチャンスだった」

すでに話したとおり、パパが出張で家にいないのはめずらしいことだった。

「もうひとつは、その密会が優里さんにとって特別な意味を持つものだったのではないか、ということです」

「特別な意味？」

「初めにおっしゃいましたよね。優里さんは来月で四十五歳になる、と」

「あ、あぁ」

突如、切間に確認され、下條は動揺しながらもうなずく。

「いまが八月ですから、優里さんのお誕生日は九月ということになります。つまり十五年前の九月に、優里さんは満三十歳を迎えている。それと同月に、優里さんがこれほどの奇行に及んだのは、果たして単なる偶然でしょうか」

その説明を聞いても、納得しない人は少なくないだろう。でもあたしは、なるほどな、と思ってしまった。

人生の節目となる一日を、一番好きな人と一緒に過ごしたい――それは去年、ハタチの誕生日を彼氏と一緒に迎えたあたしには、ごく自然な心理だと感じられたのだ。

「さすがに、誕生日当日だったのかまではわかりませんが……その日にちょうど夫の出張が入ったというのも、都合がよすぎる気はしますからね。反対に、たまたま当日だったことが優里さんの背中を押した可能性もあります」

「だとしても……狂ってるよ」

下條の声はかすれていた。

「どんな理由があったとしても、だ。不倫相手との密会のために、薬で眠らせた娘を公園の管理施設に放置するなんて、正気の沙汰じゃない。あいにく私には子育ての経験がないが、それでも、わかるよ。ほんのわずかでも、わが子に対する愛情というものがあれば、そんな恐ろしい行為に及べるわけがない」

下條は、だから自分の妻がそんなことをしたとは信じられない、という方向に話を持っていきたいらしかった。けど、本当は彼も気づいているんだろう——そんな擁護は、何の意味もなさないことに。

「では、それがそのまま、答えになるのではないでしょうか」

案の定、切間はそう言うと、憐れみのこもった視線とともに、容赦のない現実をあたしに突きつけた。

「優里さんは、娘を愛していなかった——夫と離婚し、別の男性と新たな人生をやり直すうえで、英美里さんを邪魔者扱いしていたのです」

5

あたしの中に薄ぼんやりと、それでいて強固にあった、優しいママのイメージが脆く も崩れ去っていく。

「……ひとつ訊きたいんだけど」

切間の顔がこちらに向く。

「そんな残酷で、いまさらどうしようもない事実をあたしに告げて、あんた何がしたいわけ？」

「知らないほうがよかったですか。お母様があなたを公園へ連れていったのは愛情ゆえの行動だったと、信じたままのほうが幸せでしたか」

「そんなの、わかんないけど……」

あたしは怯んだ。切間の態度が、あまりにも厳しかったから。

「たかが不倫のためにこれだけのことをしたのですから、将来を考えられるほどの相手だったのでしょう。そのような人が、地元とはいえ同じ地方に何人もいたとは思えない。これは臆測に過ぎませんが、そのときの密会の相手は、下條さんだったのではないですか」

「…………」

答えられずにいる下條に、切間は追い打ちをかける。

「心当たりがあるのでしょう。十五年前の九月、確かに福知山市周辺で、現在の奥様と密会した夜があったことに」

「……まさか、誕生日の件まで見通されてしまうとはな」

下條が、眉根を揉んだ。

「優里とは、幼いころから気心の知れた仲だった。夫の束縛に疲弊する彼女の愚痴に、電話やメールで付き合ううちに、いつの間にか私たちは愛をささやき合うようになっていた。当時、私は未婚で、長いこと恋人さえおらず寂しい思いをしていた。どうかしていた……自分でも、そう思う」

もともとあたしとは住む世界が違うってくらい歳の離れたオッサンだったのに、このたった一、二時間のうちに、下條はさらに十も老けたように見えた。

「誓って言うが、私はいまのいままで知らなかったんだ。優里が私に会うためだけに、そのような悪魔の所業に手を染めていただなんて。娘は実家に預けてきたという彼女の台詞に、何の疑問も抱かなかった」

「そんなこと言って、ママに全部の罪を被せたいだけなんじゃないの」あたしは吐き捨てる。

「信じてくれなくても構わない。私は自分の良心のために、ここから先は事実と本音だけを話す。もし、優里が娘を公園の管理施設に寝かせていると知ったら、私はひっぱたいてでも迎えに行かせ、迷わず彼女と絶縁しただろう。いくら夫の異常性を知り、彼女の苦しみに胸を痛めていたとしても、だ。自分という存在が、彼女をそこまで狂わせてしまっていたことが恐ろしい」

「でも、隠蔽しようとしましたよね」

切間の追及は、ガールズバーで使うアイスピックよりも鋭い。

「あなたは今日、自分との密会が優里さんの常軌を逸した行動を引き起こしたと知って、英美里さんを騙そうとしましたよね。あろうことか、優里さんは娘を愛していたなどという、現実とは正反対の嘘をついてまで」

「怖かったんだ……真実と向き合うのが」

　下條が、両手で顔を覆う。

「昔からずっと、私は彼女のことが好きだった。既婚者で、娘がいることも知っていて、それでも一緒にいられるならと、彼女の望みは何でも叶えてきた。正直……娘を引き取らないと聞いて、不思議だとは思ったさ。それはもちろん母子家庭となれば大変だっただろうが、それでも彼女は看護師で、娘ひとりを育てられるくらいの収入は稼げると話していた。しかも、私は当初から彼女との再婚に前向きだったんだ」

「ママからしたら、あたしを連れてあんたと再婚するのは気が引けたんでしょうよ」

　あたしが投げやりに言うと、下條は悲鳴のような声を上げる。

「その話だってしたさ！　私は構わないと伝えた。愛する人の娘だから、などときれいごとを言うつもりはない。単に、そうなるのが自然だと考えていたからだ。ところが、優里は娘を引き取らなかった。わけを訊ねた私に、彼女はこう答えた」

　――私、人として壊れてるのかな。

　――娘をね、ちっともかわいいと思えなかったの。

「それを聞いた私は、彼女とのあいだに子供をもうけるべきではないと直感した。だから、これまで夫婦二人だけで暮らしてきたんだ」

　そのときあたしの胸の中を、冷たい風が吹き抜けた。

――この人、知ってたんだ。ママがあたしを愛してなかったことを。

「だが、それでも病床の優里がきみに会いたがっているのは本当なんだ。でなければ、私がこんなことをする理由がない。この十五年のあいだに、彼女は己の為した過ちの罪深さを知り、悔いてきたのだと思う。だから夢でうなされ、きみに謝罪をしたがっている」

「どうだか。命を落とす前に、すっきりしたいだけのように聞こえますが」

切間は辛辣だ。それはいま、動揺と混乱の激しさに口を利けないでいるあたしの気持ちを代弁してくれているようで、ありがたかった。

その切間が、あたしに向き直る。

「病院へは、行かなくてよいと思います」

下條が、何かを言いかけて口をつぐむ。

「この方は、妻の本心を承知の上で、あなたが母親に愛されていたなどと嘘をつきました。それも、妻よりもむしろ保身のために。そしてお母様は、面会にさえ一度も来なかったのに、自身の死期を悟ったことでようやくあなたに謝罪したいと考えるような人です」

ろくでもない夫婦だ。切間はそこまでは言わなかったが、あたしは心からそう思った。

「この十五年間、お父様と二人で歩まれる中で、英美里さんにもさまざまなご苦労があったこととお察しします。それらすべてをうっちゃっておいて、自分が死ぬ前に許してもらおうだなんて、虫がよすぎませんか。血のつながりなど、大した問題ではありません。そんなものにとらわれず、あなたは好きに生きていってよいのです」

時が止まったみたいな静寂が、喫茶店の中を埋め尽くした。

切間の正義感はぶっちゃけ、あたしにはうっとうしかった。なんであんたが勝手に決めてんの？　って。別に、切間には関係ないのにさ。

だけど、同時にこうも思った。

娘を支配したいだけのパパでもなく、ましてや娘を愛せないママでもなく、こういう暑苦しい大人が身近にいてくれたら――あたしもちょっとは、いまよりまともな人生歩んでたのかもしれないな、なんて。

あたしは立ち上がる。そして、言い切った。

「行くわ。病院」

眉を八の字にしかけた切間に向かって、あたしは握りこぶしを見せる。

「お姉さんが考えてるような理由じゃないって。十五年前にそんなひどい仕打ちを受けたと知ったからには、一発ぶん殴ってやんないと気が済まないじゃん」

それだけじゃない。

この十五年間の寂しさ。問題のある人と知っていながら、パパのもとにあたしを置き去りにしたこと。愛情がないから叱りもしなかったのを、ずっと優しさだと勘違いさせられていたこと。

すべてと対峙(たいじ)するために、あたしはママに会わなきゃいけない。二度と叶わなくなる日が来る、その前に。

「そういうことなら、連れていくわけには……」

うろたえる下條を、あたしは笑い飛ばす。

「京大病院でしょ。もう聞いちゃったから、妨害なんてできないよ。それなら一緒に行くほうがよっぽど安心だと思うけど」

すると下條は、逆らう気力をなくしたみたいだった。

下條にお会計を払わせて、店を出る。ドアをくぐるとき、あたしは振り返って切間に言った。

「ありがとね」

切間は静かに首を横に振る。その姿が、あたしの記憶の中だけにいる、理想のママと重なった。

京大病院までは、タクシーですぐだった。

下條が慣れた動作で院内を進み、受付を済ませて病室へ向かう。入り口の脇のプレートに、その名前はあった。

〈下條優里様〉

ママ。

きれいなママ。

優しかったママ。十五年間、ずっと会いたかった。

再会したとき、あたしはどうするだろう。宣言どおり、一発ぶん殴る？　それとも死にかけているさまを見て、懐かしいその笑顔を見て、許してしまうんだろうか。

あたしは病室のドアを開けた。

拒絶しないで

「いらっしゃいませ。清水さん」

喫茶店の扉をくぐると、見慣れた女性店員の切間がカウンターの奥で笑顔を見せた。

店内では男子大学生の三人組が、窓際のテーブル席を陣取っている。三人とも《にやにや》という擬音が似合う表情をしていて、いまにも椅子から腰を浮かせそうだ。

そのほかに、客の姿はなかった。

――時間がない。

カウンターから出てこようとする切間を手のひらで制止し、私はカウンター席にさっと腰を下ろす。

「いつものホットコーヒーでよろしいですか……」

「いや、メニューを見る。それと」

答えながら、私は持参したクラッチバッグからペンケースを取り出し、そのファスナーにつけている、京都市営地下鉄御陵駅の駅名看板を模したキーホルダーを引いて開けた。そして中のボールペンをつかむと、テーブルの上に立てられた紙ナプキンを一枚抜き取り、たった一言殴り書きして切間に見せた。

それに目をやった切間ははっと息を呑み、無言でうなずいてから、使用済みの食器を洗い始めた。

この純喫茶タレーランは、近くで独り暮らしをしている私のお気に入りで、気分転換などによくひとりで訪れる。ことに、どれだけかよっても私に突っ込んだ質問をしてこず、名乗った以外はほとんど口を利いたこともない二人の店員のこちらに対する距離感がありがたく、居心地がいい――まぁ、切間は一回りほども歳の離れたオジサンと何を話せばいいかわからないだけかもしれないし、もうひとりの老人、藻川氏は昨年の大病を経ても相変わらず、若い女性にしか興味がない模様なのだが。

関わり合いは浅くても、常連客なので店員たちの特性はある程度、把握している。わけてもバリスタを自称する切間は、頭のキレが常人離れしていて、客などが持ち込む謎めいた問題をさらりと解決してみせることがある。その現場に居合わせた経験があったからこそ、私は今日、こうしてこの店を訪れたわけだ。

開いただけのメニューの文字は、まるで頭に入ってこなかった。私が落ち着かない気持ちで、いつも右耳だけにつけているピアスをいじっていると、ふいに切間が一言、ぽつりとつぶやいた。

「――――」

その言葉の意味を、私は正しく理解したが、フロアの隅にいた藻川にはうまく汲み取れなかったようだ。

「あんた、いま『洗いです』って言ったんか？　そんなんいちいち言わんでも、食器洗ってんのは見たらわかるやろ」

「おじちゃんはちょっと黙ってて」

切間が藻川をにらむ。

「今日の仕入れもまだでしょ。ほら、早く」

「あんた、病人をこき使ったらあきまへんえ」

「何が病人よ。手術から一年半近く経つけど、ぴんぴんしてるじゃない。心配した私がバカみたいだわ」

「そんな、死んだほうがよかったいう言い方……ま、ええわ。そんなら行ってくるし」

藻川がのんびりとした足取りで店を出ていく。それを機と見たのか、男子大学生のうちのひとりが椅子から立ち上がり、カウンターのほうへと近づいてきた。薄手のカーディガンの上からでも、引き締まった体をしていることが見て取れる。

「あの、店員さん」

「はい。何でしょう」

大学生の呼びかけに、切間は洗い物をする手を止め、笑顔で応じる。

「オレ、××大学理工学部三年、大津（おおつ）一（はじめ）っていいます。『剛道（ＧＯＨ－ＤＯＨ）』っていう名前の柔道サークルに所属してて、今日はその仲間とこのお店に来たんですけど……」

「ご利用ありがとうございます」

突如、一が自己紹介を始めても、切間は動じない。

「それで、その……実は、店員さんのことが前から気になってました。よかったら、オレと付き合ってください！」

一が腰を折り、右手を差し出した。梵字がプリントされたゴムのブレスレットが、その手首を飾っている。

仲間だという学生二人が、ひやかしの目を一に向けている。切間は恥じらうような表情で答えた。

「あの、えっと……いきなりお付き合いは難しいですけど、お友達からでよければ」

「あ……ありがとうございます！」

「うぉーマジかよ、やったな一！」

「おいおいマジかー！」

席に座っていた学生二人が、《ヒューヒュー》とはやし立てながら一のもとへやってきて、彼の肩や背中を叩く。いかにも大学生らしいノリだ。

その後、切間と連絡先を交換した一は、仲間に肩を組まれながら店を出ていった。この店ではあまり見ないタイプの客だったのだろう、隅の椅子の下でおびえたように丸まっていた猫のシャルルが、《嵐は去ったか》とばかりにまわりを見回しつつ、おそるおそる出てくる。

緊張の糸が切れ、深い息を吐く。二人きりになるのを待ちかねていたかのように、切間が訊ねた。

「あれで、よかったでしょうか」

「あぁ。助かったよ。本当にありがとう」

私は礼を述べ、ナプキンに殴り書きした文字に目をやった。


〈拒絶しないで〉


「詳しく説明している暇がなかったし、そもそもそうすることのできる状況でもなかった。それでも切間さんならわけがあることを察して、私の指示に従ってくれるのではないかと期待した。あなたは、たいへん聡明な女性だから。私の目に狂いはなかったよ」

「そんな、買い被りです」

切間は手を振る。けれどもそれが謙遜であることを、私はすでに知っていた。

「いいや、あなたは少なくともある程度、事情を把握していたはずだ。そして、私に言わせればそれは正解だった。でなければ、あの一言が出るわけがない」

「通じたみたいでよかったです。おじちゃんは、食器洗いのことと勘違いしたようでしたけど」

切間がくすりと笑うのに合わせて、私も笑う。そして、言った。

「せっかくだから、あなたの推理を聞かせてくれないか。私がなぜ、このような指示を出したのかについて」

「でも……いいんですか？　私の考えが正しければ、これは多分にセンシティブな問題を含むはずで、言い当てることに興じていいような話だとは思われないのですが」

切間が当惑する。

「構わないさ。当て推量ででたらめを言われたら私も気分を悪くするだろうが、そうならないことを確信している。ならば、切間さんがどこまで事情を察したのかを知りたい」

私がうながすと、切間は口に手を当ててコホンと咳払いをした。

「では、私の考えを述べさせていただきます。あの方は——大津一さんは、清水さん、いい、の恋人ですね？」

数秒ののち、私はゆっくりと拍手をした。

「いやはや。まさか、そこまで見抜かれるとは思わなかった」

「恐縮です」

切間がちょこんと頭を下げる。

「あなたの言うとおりだ。私たちは、ゲイカップルなんだよ」

一と私は、京都市内でしばしば会合を催しているゲイコミュニティで知り合い、交際を開始した。一は優秀な大学にかよう大学生で、両親に将来を嘱望されており、妻子を持つことへの期待を感じてゲイであることを誰にもカミングアウトできず、悩みを抱えてコミュニティに参加してきた。

右耳だけにピアスをつけていることからもわかるように——それは、特に海外ではしばしばゲイであることの自己申告となる——私は自分がゲイであることを隠していない。しかし、やはりセクシュアリティと切り離せない会話はわずらわしいことも多く、この店では恋人に関する不用意な質問などをされなかった点を気に入っていた。もしかすると切間は、かねて私のピアスの意味に気づいていたのかもしれない。

私はもう三十代も後半で、さまざまな経験をしてきたし、そのうえでゲイに生まれた人生を自分なりに謳歌（おうか）している。だが、一は若い。ＬＧＢＴＱに対する人々の眼差しは、この十年ほどで劇的に変わってきたのを感じるが、それでもこの国は欧米諸国に比べればまだまだ理解が進んでいるとは言いがたい。大学というコミュニティの中で、あるいは親族という特殊な人間関係の中で、ゲイであることを隠すのが現時点で最良だという一の判断は理解できる。

「あのお三方がお店に入ってきたときから、様子がおかしいと感じていました。漏れ聞こえてくる会話から、どうもそのうちのひとりが私に言い寄るよう、まわりにけしかけられているらしいぞ、と察知しました」

私のために淹れるコーヒーの豆を挽きながら、切間は淡々と語る。

「そこまでは、まれにはあることです。面倒だなと思いながらも、さほど気にしてはいませんでした。ですが、そこに清水さんがやってきて、誰にも聞かれぬよう手書きの文字で〈拒絶しないで〉と。何を、と自問すれば、これから起こるであろう男性からの告白以外に考えられませんでした」

ほかには先客がいなかったのだから、切間はそう結論せざるを得なかった。

「では、なぜ私が、男性からの一見軽薄なアプローチを拒んではいけないのでしょうか。そこから、これは当の男性にとっては望まない告白なのだな、ということは察しがつきます。本気なら、私が虚偽をはたらくことは彼を傷つける結果にしかつながりませんからね。そうして、あの男性はいじめにも似た周囲の圧によってやむを得ず私にアプローチさせられているに違いない、私が受け容れることでその圧にひと区切りつけられるのだろう、というところまでは想像が及びました」

私と一が顔見知りだということも、その段階で察したわけだ。言うまでもなく、だから私は入店した瞬間に彼らが大学生であると言い切れたのである。

「だが、私と彼をカップルと見なすまでにはまだ飛躍があるね」

切間は微笑ましいとでも言いたげな顔になり、

「だって、互いの名前を示唆するものを、持ち歩いていらっしゃったではありませんか」

私のペンケースにつけてある御陵駅のキーホルダーは京都市営地下鉄の看板を模したものだが、御陵駅は京阪大津線の始発駅でもある。《大津線の始め》ということで、一の姓名を表している。

一方で、一が手首につけていたブレスレットは、清水寺の境内にあり、ご本尊のお腹の中をイメージした暗闇を進む『胎内めぐり』で知られる随求堂のお守りだ。パッケージにははっきり〈清水寺〉と記されていたそのブレスレットを、同じ字の姓を持つ私の分身として一はいつも身に着けている。

切間の指摘は正しいが、どちらもパッと見て名前を示しているとわかるようなものではなかったはずだ。彼女の聡明さに、私はあらためて舌を巻いた。

「実は以前、これとよく似たシチュエーションに遭遇したことがありまして……お客さまへの配慮が足りず、不快な思いをさせてしまったのです。それ以来、お客さまへはさりげなく、けれどもしっかり注意を向けるよう心がけておりまして」

「だから、わずかな手掛かりも見逃さなかったわけだね。恐れ入ったよ」

ここまで協力してくれた切間に対し、私は説明の義務を負っている。二人と一匹のほかに店内に誰もいないことを再確認してから、私は口を開いた。

「一時間ほど前に、一から連絡があったんだ」

――清水さん、助けて。

「いわく、スマホに保存していた男性の写真をサークル仲間に見られ、ゲイではないかと疑われたらしい。柔道サークルだからね。ゲイなのだとしたら体を触られるのは気持ち悪いと、そのような騒ぎに発展したそうだ」

「まぁ……」切間は顔をしかめている。

「一は、自分はゲイではないと言い張った。するとまわりが、それなら好きな女性はいるのかと問いただしてきた。名前を挙げれば、いますぐにでも告白してみせろと言われかねない空気だった。彼がゲイであることを打ち明けている女友達のひとりでもいればよかったんだが、あいにくそんなことに協力してくれそうな相手は思いつかなかった」

そこで、一はトイレに行くふりをしていったん席を外し、私に電話で助けを求めてきたのだ。

「一刻の猶予もない状況で、勝手ながら私が真っ先に思い浮かべたのが、切間さんあなただった。喫茶店の店員なら、《見かけて気になった》といった軽い調子で切り抜けられるし、リアルの人間関係にひびが入るおそれもない。加えて、あなたの聡明さに期待したことは先ほど話したとおりだ」

　過剰な謙遜は会話の妨げになると判断したからだろう、切間は黙っている。

「もちろん、できれば私が先回りして事情を説明したかった。しかし、間の悪いことに私は出先で、一がサークル仲間にその喫茶店へ連れていけと迫られれば、どんなに急いでも先着できそうになかった。果たして、私はかろうじて先の一言を伝えるにとどまった」

　拒絶しないで。その一言だけで、切間が協力してくれるのを信じた——というより、ほかにどうすることもできなかったのだ。

「切間さんがもしあの場で一を拒絶していれば——私の指示がなければ、十中八九そうしていたであろうように——一はこの先も、女性の協力者が見つかるまであのような仕打ちを受け続ける羽目になっただろう。けれども切間さんがうまく対応してくれたおかげで、しばらくは切間さんのことを追いかけているふりをしているだけで、いずれゲイ疑惑は薄まっていくに違いない。感謝してもしきれないよ」

「私、大したことはしてません」切間は、自分では苦悩する一の力になんてなれない、と言いたいようだった。「でも、少しでもお役に立てたのなら、よかったです」

「うれしかったよ。アライだと言ってくれて」

切間が食器を洗いながら口にしたのは、次の台詞だった。

——私、アライです。

「アライとは、LGBTQに対する理解者、支持者であることを表す言葉だ。あなたがそれを知り、かつ表明してくれたことが、どれだけ心強かったか」

「本当は、私なんかが自称するのはどうかと迷ったんです。セクシュアリティの問題に関しては、まだまだ勉強不足ですから。でも、お二人の味方でありたいと願っていることを、あの場で清水さんだけに伝える方法が、ほかに思い当たりませんでした」

「いいんだよ、その気持ちだけで。自分たちをもっと正しく理解してほしい、そのうえで支持してほしいだなんて、そんなことまで要求するつもりはないのだから」

切間は豆を挽く手を止める。ほどなく、コーヒーの豊かな香りが漂ってきた。

「今回の件は、セクシュアリティのカミングアウトの強要にあたりますし、スマホで見た写真について騒いだことは、本人の許可なしにセクシュアリティを広めるアウティングにも該当すると思います。この場はしのげたかもしれませんが、私、一さんの今後が心配です」

「お気遣いありがとう。でも、それは一が自身で向き合っていくしかないことだ。もちろん私は彼を精一杯支えていくし、あなたのようなアライがいてくれただけでも、彼は恵まれていると思うよ」

切間がコーヒーで満たしたカップを私の前に置く。そのとき、カランと鐘の音が鳴り、喫茶店の扉が開いた。

「清水さん」

一が立っていた。切迫した表情を浮かべ、肩で息をしている。

私の顔を見た瞬間、彼の両目から涙がこぼれた。

「ごめん。オレ、清水さんと付き合ってることを、まるで隠さなきゃいけないことみたいに――」

「いいんだよ」

私は一のもとへ歩み寄り、彼をハグした。

「きみが言いたくないことは、誰にも言わされなくていいんだ」

一が私の胸で泣きじゃくる。切間がカウンターの奥で新しいおしぼりを手に取り、その袋を破るのが見えた。

ブルボン
ポワントゥ
の奇跡

1

　テーブルをはさんで向かいの席に座る彼女の目を、僕はまともに見られない。

「やっぱりいまは結婚できひんって言うんやったら、理由を聞かせてもらえる？」

　河野鈴海(かわのすずみ)は怒っている。同時に、悲しんでもいる。それなりに長い付き合いの中で、僕はいまや彼女の感情が手に取るようにわかるほどになっていた。

　十月のよく晴れた土曜日の昼下がり、僕は恋人の河野鈴海とともに、京都市内のとある喫茶店にいた。窓から射す日差しに照らされた店内には、店のレトロな雰囲気のわりには若い店員が男女各一名ずつ、それと隅の椅子の上にはシャム猫が丸まっている。店内はまずまずの混み具合で、フロアにはどこか懐かしくなるようなコーヒーの香りが充満していた。

　久々に会う鈴海は、少しやせて見えた。目元の化粧がいつもより濃く感じられるのは、疲れを隠すためなのかもしれない。

　職場の同僚の紹介で交際を開始してから、そろそろ一年半になる。いろんなことがあった。いいことも、よくないことも。世の恋人はおしなべてそうだろうから、それで関係がうまくいっていないなどとは思わない。だが、二ヶ月も顔を合わせなかったのは今回が初めてだ。

鈴海は僕の四歳下、今年で三十歳になる。出会った当初から、彼女は結婚を意識していることを隠さなかったし、その前提で付き合い始めたので、僕も彼女の態度を負担に感じたりはしなかった。

だが、では実際に結婚に踏み切れるかというと、話は別になる。二ヶ月前、なかなかプロポーズしない僕に業を煮やしたのか、彼女は深夜、僕の自宅のシングルベッドの上で、隣でうとうとしていた僕にいきなり「結婚しよう」と切り出したのだった。

気持ちはうれしかったのだ。この言葉に、嘘はない。

でも僕は、首を縦には振れなかった。

理由は自分でもよくわからなかった。まだまだ独身で気楽に遊びたいという思いは、二十代のころはまだしも、いまの自分にはもうほとんど残っていない。鈴海を配偶者として見たときに、不満や不信感があるわけでもない。生まれ育った家庭環境は幸いにして良好で、家庭を持つことに抵抗や強い不安を感じているのでもない。

にもかかわらず、僕はどうしても結婚に前向きになれなかった。そのせいもあって、近年お付き合いした何人かの女性とも、関係が長続きせず別れてしまっていた。鈴海とは一年半続いただけでも、僕にとっては画期的なことで、しかし結婚するとなると、自分の中にははっきりとためらいがあるのを認めざるを得なかったのだ。

残酷なことと知りつつ、僕は彼女にこう答えるほかなかった。

「少し、考えさせてほしい」

彼女が言葉に詰まったのは、ほんの数秒間だったけれど、むせ返るほどの濃い感情が漂ってくる時間だった。

「……少しって、どのくらい？」

「わからないけど……いったん距離を置かせてもらえないかな。鈴海がいなくなって初めて、今後の人生を鈴海と一緒に歩みたいかどうか、答えを出せる気がするんだ」

思い返しても、ずいぶん身勝手な言葉を吐いたものだと呆れる。それでも僕は、鈴海とは一切の装飾なしに本音で向き合いたいと思った。それが僕なりの、せめてもの誠意だった。軽はずみに結婚してしまって、のちのち取り返しのつかないような傷を彼女に負わせてしまうことのほうが、はるかに恐ろしかったのだ。

彼女はため息をつき、ベッドから身を起こした。

「わかった。今日はもう、帰るね」

普段なら、遅い時間に彼女を帰したりはしない。けれどもひとりになりたがっているのを察したから、僕はその晩、鈴海を引き止めはしなかった。

その後の二ヶ月間、鈴海とはたまにスマートフォンのメッセージアプリで連絡を取り合うにとどめ、一度も顔を合わせず、電話さえしなかった。寂しさに負けて会いたくなった日も一度ならずあったが、そうするとせっかく輪郭を取りつつある本心がまたぼやけてしまうような気がして、必死で耐えた。

もちろんその間、答えを出すべく自分なりに行動を起こしてもいた。その結果、僕がどこへ行き着くにせよ、鈴海と距離を置いたことに後悔はない。

ところが、である。

まだどちらとも決断できていないにもかかわらず、本日、鈴海をこの喫茶店へと呼び出したのにはわけがある。

二ヶ月前には想定すらしていなかった、ある問題が浮上したのだ。

鈴海の視線からなおも逃れるように、僕は男性店員が運んできたホットコーヒーに口をつける。そして、言った。

「実は、昔の恋人にストーキングされているかもしれない」

「ストーキング？」

オウム返しした鈴海は、目を真ん丸に見開いている。

「それ、結婚したくないからって口実にしてるんちゃうの」

「まさか。そんな不誠実なことはしないさ」

「せやけど、いままでそんな話全然してへんかったのに、急にストーキングって……」

「ストーキングという表現が正しいかどうかはわからないけど、明らかに、おかしなことが起きているんだ。もしその人に後ろ暗い目的があったとしたら、最悪の場合、僕や鈴海に何らかの危害が及ぶかもしれない」

「そう言われても、にわかには信じがたいわ」

「僕も信じたくはないけど、万が一ということもある。そっちが気がかりで、正直いまは結婚するかどうかを判断できる状況になくて」

彼女は束の間、カップを両手で包み込んだあとで訊ねた。

「ひとまず、詳しい話を聞かせてくれる？」

僕はうなずき、コーヒーを一口飲んでから、この二ヶ月のことを話し始めた。

2

プロポーズの答えを保留にした翌日、鈴海からメッセージが届いた。

僕を責めるような言葉はなかった。ただ、こちらの逡巡（しゅんじゅん）に一定の理解を示したうえで、彼女は次のように締めくくっていた。

〈一太（いちた）、病気やと思う〉

非難よりは、同情に近く感じられた。

ろ?〉

〈病名はないかもわからへんけど。一太の元カノ、みんな悪い人ではなかったんやろ?〉

そのくらいの話は、鈴海にもしたことがあった。近年僕がお付き合いしてきた女性は、むろん恋人という立場からは公平に見えてはいなかっただろうが、それでも性格のいい人ばかりだったし、大きな不満もなかった。なのに、どうしてか気持ちが冷めるのだ。

〈私と結婚できひんって言うんやったらそれはあきらめるけど、一太が抱えてる問題を解決せんと、この先も同じことの繰り返しやと思うよ〉

〈そうかもしれないね〉

〈私な、実は前に仕事の関係でちょっと精神的に病んで、カウンセリング受けてた時期あったんよ。と言っても病院やなくて、カウンセラーさんが個人でやってはる民間のカウンセリンググルームやったけど。私にとってはめっちゃいいカウンセラーさんで、その人のおかげで立ち直ることができたから、もしその気があるなら一太も受けてみたら?　一太の人生にとって、大事なことやと思うから〉

彼女の助言を、僕はとてもありがたく感じた。あんな態度を取ってしまって、恨まれたって仕方ないのに、彼女は自分のことはさておいても僕の将来を心配してくれたのだ。

　であれば彼女の助言にしたがうことが、その恩義に応えるせめてもの方法だろう。僕は彼女に教えてもらった番号に電話をかけ――携帯電話の番号だった。そのほうが確実、だそうだ――次の週末には、カウンセリングを受けられることになった。

　平日の仕事を落ち着かない心境でこなし、迎えた土曜日、僕はカウンセラーに教えられた住所へと赴いた。

　そこは一見して普通のマンションだったので、僕は不安になったが、オートロックの玄関でインターホンを鳴らすと、カウンセラーが待ち構えていたかのように自動ドアを開けてくれた。部屋の前までたどり着いたとき、ドアの表側に〈財前カウンセリングルーム〉と手書きされた小さな黒板が吊されているのが見え、ほっとした。

　ドアを開けた先に、カウンセラーは立っていた。僕と同世代か少し歳下の、縁の細い眼鏡が聡明さを感じさせる女性だ。招じ入れられた一室はソファーとテーブルが応接の用をなしていたものの、やはり普通の住宅のようだったが、カウンセラーの「ほかに場所を借りる余裕がまだなくて、ここは自宅を兼ねているんです」という説明で納得した。

　うながされるままソファーに腰を下ろすと、さっそくカウンセリングが始まった。

「浅井一太さんですね。私はカウンセラーの財前美加子と申します」

彼女の背後の壁に目をやれば、額縁に入った臨床心理士の資格証書が掲示されている。カウンセリングを受けた経験がなく、民間と聞くとそれだけでいかがわしいようにも感じてしまっていたのだが、ちゃんと資格を持ったカウンセラーなら信頼できそうだ。

「浅井です。よろしくお願いします」

「河野鈴海さんのご紹介でしたね。本日は、どのようなご相談でいらっしゃいましたか」

「実は、鈴海との結婚のことで――」

人生初のカウンセリングは、まずまず僕のイメージどおりに進んだ。恋愛がうまくいかないと僕が言えば、財前先生はその原因について仮説を立てつつ、さまざまな質問をする。両親との関係は良好だったか。自己肯定感が低すぎるせいではないか。過去の恋愛にトラウマがあるのでは……。カウンセラーに寄り添われて自分を見つめ直す体験は新鮮で、たとえ現在の悩みの解消には直結しなくとも、学びの多い時間だった。

カウンセリングの料金は一回一時間で六千円と決して安くはなかったが、僕は財前先生との会話に心地よさを感じ、その後も二週に一回のペースでかよい続けた。そして三回目、鈴海と距離を置き始めてからひと月半が経過したころのカウンセリングで、僕は自身のとある恋愛体験について話をすることになった。

それは、いまからおよそ十年前――二十三歳のとき、僕はひとりの女性とお付き合いをしていた。

彼女の名前は反町葵。小学校の同学年で、前年に催された同窓会の席で再会したのを機に、交際が始まった。

小学校では同じクラスになったことがなく、別の中学に進んだため、子供のころの関わりは浅かった。大人になった葵は優しくて素直で、とても素敵な女性に見えた。ちょっとおっちょこちょいなところがあるのも、それはそれで彼女の魅力になっており、僕はすぐさま彼女に夢中になった。彼女のほうでも、僕に好意を抱いてくれたようだった。

だが、そんな葵にも気になる点はあった。人の顔色をうかがいすぎて、嫌なことを嫌と言えないのだ。

聞くと、彼女が中学生のときに両親が離婚し、母親の希望により苗字は変わらなかったものの、それ以来母ひとり子ひとりで暮らしてきたのだという。さまざまな苦労があったのだろう、それまで優しかった母親は人が変わったようにヒステリックになり、何かにつけて娘の葵にきつく当たるようになった。機嫌を損ねてモノを投げつけられたり、食事を用意してもらえなかったりしたことは一度や二度ではなかったという。

この歳になればわかることだが、中学生はまだ子供だ。母親に嫌われたら生きてはいけないという恐怖から、葵は母親に好かれる振る舞いを絶えず心がけるようになった。それが、家庭の外での対人関係にも影響を及ぼすようになり、彼女は成人しても他人の顔色をうかがうような言動しか取れなくなってしまったらしい。

誰に対しても優しくて素直なのは、むしろいいことだ。ただ、何をされても嫌と言えない彼女の性格は、時としてトラブルに巻き込まれる要因となった。

同性からは、男性に色目を使っていると見なされ、しばしば嫌悪の対象となった。その一方で、異性には好意があると勘違いされやすく、セクハラやストーキングといった被害に見舞われることがめずらしくなかった。性別を問わず、他者の加害行動に直面しても対処できないため、危険な目に遭ったエピソードは枚挙に暇がなかった。

言うまでもなく、悪いのは危害を加えようとする他者のほうだ。葵に非があったとは思わない。だが、だからと言って身を守ろうとせず、何の対策も講じなくていいわけではない。何かあってからでは取り返しがつかないのだから。

僕は葵のことが心配で、できる限り彼女を守ろうとした。デートのあとは必ず自宅まで送り届けたし、僕と一緒じゃないときでも、帰りが遅くなれば彼女の自宅の最寄り駅——栄えていない駅なので夜道が暗かった——へ車で迎えに行った。おそろいの指輪を買って少しでも異性を遠ざけようとしたし、護身用の催涙スプレーやスタンガンをプレゼントしたこともあった。それでちょっとはましになった面もあったのだとは思う。しかし、もちろん根本的解決には至らず、交際中も幾度となく彼女の恐ろしい体験談を耳にすることになった。

その当時も葵は母親と二人暮らしをしていたが、すでに働いていたため、僕は自立をうながした。母親と離れれば、人の顔色をうかがいすぎる傾向も少しは和らぐのではないかと思ったし、そうでなくても職場や繁華街の近くに住めば、帰り道に怖い思いをする機会は減るだろうと考えたからだ。ところが葵は、僕の提案に理解を示しつつも、重い腰を上げなかった。僕の目から見て、葵は母親と共依存のような関係に陥っており、また経済的な事情も重なって実家を出られないようだった。

葵が怖い目に遭わないで済むように、彼女がもっと楽に生きられるように。その一心で僕は行動し、数々の助言もした。年齢を重ねたいまならば、あんな風に一方的な物言いをしたりはしないだろう。あくまで僕は彼女のためを思っていたのだけれど、彼女にしてみれば、自分が悪いと責められているような気分にもなったはずだ。

僕たちは愛し合っていた。それはお互いによくわかっていた。にもかかわらず、二人の関係には亀裂が入り始めた。

ちょうどそのころ、僕が大学を出て働き始めたばかりで心身に余裕がなかったことも、悪い方向に作用した。葵との関係から来るストレスと仕事でのストレスとに追い詰められ、僕はしだいに体調を崩すようになった。一方で、葵も家庭での不和や外での人間関係のいざこざと、僕との軋轢のあいだで板挟みになって苦しんでいた。二人とも、みるみるうちにやせ細っていった。まるで二人で絡まり合い、もつれ合いながら、昏く深い沼の底に沈んでいくような感覚だった。

決断の時は迫っていた。どんなに葵を愛していて、彼女を見捨てることほど残酷な仕打ちはないとわかっていても、自分自身とだけは別れられない。ならば、残された選択肢はひとつしかなかった。

僕は、葵と別れることにした。彼女がいまも苦しみのさなかにあると知っていながら、逃げたのだ。

夜の公園で、二人で何度も話し込んだ思い出のベンチで、僕は葵にさよならを告げた。

別れ際、僕の背中にかけられた彼女の声は、いまでも耳にこびりついて離れない。

——行かないで。

だめだと思うのに、僕は足を止めてしまった。

——わたしをひとりにしないで……お願いだから。

涙を流し、歯を食いしばりながら、それでも僕は、振り返ることなく去ったのだ。

翌年、僕は勤務先に出していた異動願が受理されて、京都に移り住んだ。地元といえど、葵と過ごした街に居続けるのがつらかった。

どんなにお互いのことが好きでも、そのためにがんばってもうまくいかないという体験をして、僕はつくづく恋愛が嫌になっていた。無力感や虚脱感を抑えられなかった。葵への罪悪感も拭えず、彼女が幸せにならないうちは自分なんかが幸せになるべきではない、と本気で考えたりもした。未練とは違う、あんなにつらい思いをして別れたのに、またやり直せたらなんてことを望んでいたわけではない。ただ失敗の記憶が、恋愛に対する強烈な空しさを植えつけていた。

いまならはっきり言い切れる――あのころ僕は、若かったのだ。

それでも生きていれば、好きになる人や好きになってくれる人も少しは現れて、僕は何人かの女性とお付き合いをした。けれど、すぐに気持ちが冷めてしまう。愛し合ってもどうせ無駄になる、そんな思いが除草剤のように土壌に浸透していて、芽生えかけた愛情を萎えさせてしまう。そのようなことを、繰り返してきた十年だった。

僕の長い吐露が終わると、財前先生は何度も深くうなずいたあとで告げた。

「そのときの恋愛体験がトラウマとなって、いまでも浅井さんに結婚を逡巡させているのではないかと考えられます」

葵とのことを、忘れてしまっていたわけではない。というより、忘れたくても忘れられる記憶ではない。

だけど、十年も前の話なのだ。いまだに自分の人生に影響を及ぼしているとは、認めたくなかった。

しかし今回、カウンセリングを受ける中であらためてその現実と向き合うこととなり、僕は正直安堵していた。薄々感じていたこととはいえ、恋人を含め誰にも打ち明けられなかった過去について、専門家に話し、仮説レベルでも原因が特定できたことで、状況は何も変わっていなかったものの、気持ちが少し楽になったのだ。

もっとも、だからといって簡単に治療ができるとも思えなかった。いかんせん、過去は変えられないのだから。

「僕、結婚に前向きになれますかね」

バカみたいな質問をした僕に、財前先生は柔らかな笑みを浮かべ、返した。

「浅井さんが、それを望むことが大事です。じっくり取り組んでいきましょう。ところで、一応確認なのですが、いまのお話は河野さんには……?」

妙なことを訊くなと思いつつ、僕は答える。

「話してませんが、隠すつもりはありませんよ。もし鈴海にどうだったのかと訊ねられるようなことがあったら、伝えていただいても構いません」

わかりました。そう言って、財前先生はゆっくりうなずいた。

──まだ心境の変化は訪れていないが、それでもカウンセリングを受けることにしてよかった。短期間で解消できるようなものではないだろうから、しばらくかよい続けてみよう。十年前の出来事に、いまさら落とし前をつけるのは難しいけれど。

と、僕はそんな風に考えていたのだが──。

前回のカウンセリングから十日が経った、先の火曜日のことである。

昼間、僕が勤務先のオフィスでデスクワークをしていると、スマートフォンに着信があった。画面に表示された名前を見て、僕の心臓はどくんと跳ねた。

反町葵からの着信だった。

スマートフォンの機種変更をするたびに、電話帳のデータを移行しているので、現在の端末にも葵の電話番号が登録されているのはわかっていた。しかしもちろん、電話がかかってくるのは別れて以来、およそ十年ぶりのことである。

一瞬で緊張はピークに達した。出るべきか迷ったが、着信音は鳴り続けている。

わざわざ電話をかけてくるなんてよほどのことに違いない、と思った。共通の知人、たとえば小学校の友達に不幸でもあったか。だとしたら、出ないわけにはいかない。

左胸を手で押さえつつ、僕はオフィスの外に移動してから、電話に出た。

「……もしもし」

『あ、浅井さん！　お疲れ様でーす』

声は間違いなく、聞き慣れた葵のそれだった。けれどもその明るい雰囲気に、僕は拍子抜けした。どうも様子がおかしい。

「もしもし、葵?」

『ん? もしもーし。あれ、浅井さんですよね』

「そうだけど……あの、お久しぶり。浅井一太ですけど」

数秒間の沈黙のあとで、葵の素っ頓狂な悲鳴が聞こえた。

『あー! 間違えたー!』

わけがわからず、僕は戸惑う。

「間違えた、って?」

『職場の同僚に浅井さんって人がいて、その人に電話かけようとして……画面をよく見てなかったから、一太くんにかけちゃったみたい。ごめん!』

よくよく話を聞くと、葵は仕事で車を運転中に、カーナビに接続したスマートフォンからこの電話をかけており、スマートフォンの画面をじっくり見る余裕がなかったせいで、電話帳に登録されている同僚と間違えて同じ苗字の僕に発信してしまったとのことだった。

「そんなことでよかったよ。何かあったのかと」

僕は胸を撫で下ろす。葵のおっちょこちょいなところは、いまでも変わっていないみたいだな、と思った。

『びっくりさせてごめんねー。でも、本当に久しぶりだね。元気してる？』

「うん、元気だよ。そっちは？」

『わたしも元気。ねぇ、しばらく運転続くからさ、よかったら話し相手になってくれない？　せっかくだし近況報告でもしようよ。あ、いまお仕事中か』

「それは別に構わないけど、同僚への電話はよかったの？」

『大丈夫。急ぎじゃないから』

それから僕は仕事をサボり、葵と三十分ほど雑談をした。口調が昔とちっとも変わっていなかったおかげで、途中からは緊張もほぐれ、彼女の軽口に笑うくらいの余裕は出てきた。

『一太くん、いま京都にいるんだ』

「もうこっちに来て長いよ。誰からも聞いてなかった？」

『みんな気を遣ってくれてるのか、一太くんの話はしてこないから』

「そうかもな。葵は地元？」

『うん。相変わらずって感じ』

「じゃあ、いまも実家に？」

『いやいや。わたし、結婚してるから。子供はいないんだけどね。でも、幸せだよ』

葵がさらりと告白したときも、僕は動揺しなかった。年齢や過ぎた年月から考えても何ら意外ではない。結婚したいと思える相手と出会えたことや、母親と離れて暮らしていることを、よかったと感じる気持ちのほうが大きかった。

「そうなんだ。おめでとう」

『ありがとう。一太くんは？』

「まだ独身だよ。でも、お付き合いしてる人はいる」

電話越しにも、葵が微笑んだのがわかった。

『そっか。うまくいくといいね』

「そうだね。がんばるよ」

そろそろ目的地に着くから、と言って彼女は電話を切った。スマートフォンを耳から離すと、この三十分間の出来事はすべて、僕に都合よくできた夢だったのではないかとすら思えた。

葵には、僕を恨んでいる節はまったくなかった。あのときぎみを見捨ててごめん、そう伝えたい気持ちはあったけれど、それを言葉にするのは自分がすっきりしたいだけのような気がしたし、彼女は僕と別れたあとにちゃんと幸せをつかんだのだから、言わないでおいたのはたぶん正解だ。

だが、それにしても不思議なこともあるものだ。カウンセラーに葵のことを打ち明けたとたん、本人から電話がかかってくるなんて。けれども世の中には引き寄せの法則とか、ミラーニューロンとかいう話もあって、考えたことが現実に作用したかに見える現象は、それほどめずらしいものでもないのだろう。

ここまで話し終えたところで、鈴海は怪訝そうに口を開いた。

「十年前からのわだかまりが解けた、ってことやんな。そんなら、結婚しようってなりそうなもんやけど」

「僕も、初めはそう思ったんだよ。だけど、よく考えたらおかしなことに気がついた」

だから急いで鈴海に連絡を取り、彼女が土曜日しか空いていないとわかると、カウンセリングの予約をキャンセルしてまで今日、会う約束を取りつけたのだ。

「おかしなことって？」

「鈴海と付き合い始めたのは一年半前だから、知らなくて当然なんだけどさ。僕、二年前に携帯電話のキャリアを替えたんだ。そのときに、電話番号も替わった」

僕の言わんとしていることを察したのだろう、鈴海の顔に驚きが浮かぶ。

「いまどき友達と連絡を取るのに、電話番号を使うことは少ないからね。必要に応じて、何人かには電話番号が替わったことを教えたけど、電話帳に登録しているすべての人に知らせたりはしてないし、まして葵には教えていない」

つまり、葵がスマートフォンの電話帳から僕に間違い電話をかけてくるというハプニングは起こりえない。

「となると、考えられる可能性はひとつ」

告げる瞬間、僕は喫茶店の室温が数度、一気に下がったような感覚を覚えた。

「彼女は何らかの方法で現在の僕の電話番号を調べ、間違い電話を装ってかけてきたんだ。目的はわからないが、これも一種のストーキングと呼べるんじゃないか。だとしたら、僕と鈴海が結婚したときに、葵絡みのトラブルが起きないとは言い切れない。この懸念が解消されるまで、鈴海と結婚すべきかどうかは判断できないんだよ」

3

鈴海はうつむき、黙りこくってしまった。

店内にはモダンジャズが流れ、ほかのテーブルの客は和やかに談笑している。昔の恋人のストーキングなんて話題は、ひどく場違いに思えた。

コーヒーを飲みながらしばし待ち、それでも鈴海が口を開かないのを見て、僕はひとまず謝罪した。

「怖がらせるような話をして、申し訳ない」

「それはえぇけど。私のこと心配してくれてるのもわかってるし」

凍りついた体にお湯をかけたみたいに、鈴海に生気が戻る。

「確かに葵さんの行動は不可解やなぁ。でも、それだけでストーキングと決めつけるのは早いんちゃうかな」

「ストーキングという表現は大げさかもしれないね。でも、葵が番号を調べて僕に電話をかけてきたことは事実だ。藪蛇になるのが怖くて、本人に真意を問う気にもなれなくてね」

「昔の恋人が懐かしくなって、間違い電話のふりしてかけただけちゃう？　そんなめずらしい話でもないと思うけど」

「わざわざ？　葵はもう結婚してるってのに」

「関係ある？　むしろ、結婚してるからこそ新しい恋愛はできんわけやし」

「……言われてみれば」

そこまで話したところで、唐突にある疑いが頭をよぎった。

「そもそも、葵が結婚してるというのも、事実とは限らないよな」

「ちょっと。何でそうなんの」

「間違い電話が嘘なら、ほかの情報だって嘘かもしれないだろ」

「葵さんは本当はいまフリーで、昔の恋人とよりを戻すために電話をかけてきた、とでも言いたいん？　一太、それはいくら何でも思い上がりすぎちゃう」

「そこまでは言ってないよ。でも、現在僕に恋人がいると知って、張り合うために結婚していると嘘をつくくらいのことは、してもおかしくないと思う」

「さっきの一太の話やと、葵さんが先結婚してるって言ったように聞いたけど」

　痛いところを突かれた。

「張り合うため、というのは撤回する。ただ、葵が先に結婚していると話してくれたから、僕も恋人がいることを打ち明けやすくなったのは確かだ」

「百歩譲って一太の近況を探るためやとしても、そんなバレバレの嘘つかへんって。小学校の同学年なんやから、別の人に問い合わせたらすぐわかってしまうやんか」

　僕は腕を組み、考え込む。

　間違い電話だというのが嘘だと知っても、結婚までが嘘だとはいまのいままで疑いもしなかった。だから確かめようとも思わなかった。もちろん鈴海の言うように、思い過ごしの可能性は高い。だが、彼女が結婚しているか否かは、僕への電話の目的を知る糸口にもなりうるように感じる。

「ちょっと、電話してくる」

　僕は席を立つ。鈴海が訊ねた。

「誰に？」

「翔吾だよ。葵が本当に結婚しているかどうか、確認するんだ。小学校の友達でいまでも仲よくしてるの、あいつくらいしかいないし」

鈴海は得心した様子で、あぁ翔吾くん、とつぶやく。

船田翔吾は小学校時代からの友人だ。現在の仕事の配属先がたまたま同じ関西ということもあり、この年齢まで親交が続いている。

以前、恋人のいない翔吾に鈴海の女友達を紹介する機会があり、一時期はアプリでグループチャットを作って四人で連絡を取り合い、何度かは実際に集まって遊んだ。翔吾が鈴海の友達に振られてからはその交流こそ途切れたが、そういうわけで鈴海と翔吾は知らない仲ではない。

「僕と違って、翔吾は地元のやつらともいまだに仲がいいらしいから、葵のプライベートの話題も耳に入ってるんじゃないかと思うんだ」

「それ、確かめな気が済まんの」

「情報は正確であるに越したことはないからね。悪いけど、待ってて」

スマートフォンをいじり始める鈴海を残し、僕はいったん店の外に出た。

まだ日が高く、汗ばむほどの陽気だ。僕は店の建物から少し離れ、白くてかわいらしい花を咲かせた、棘のある木のそばまで移動する。

電話をかけると、翔吾はすぐに出た。

『おう一太、どうした』

「翔吾に訊きたいことがあって。いま、大丈夫?」

『家にいるから問題ない』

低くて聞き取りやすい翔吾の声のほかにも、うっすら人の話し声が聞こえる。おそらくこれはテレビの音声だろう。電話をスピーカー通話にしているようだ。

『で、何だ。訊きたいことって』

「実は、葵のことなんだけど」

『葵って、反町葵? おまえの元カノじゃないか。何をおれに訊くことがあるんだよ』

「翔吾、いまでも小学校のやつらと付き合いあるって言ってたよな。葵が結婚したかどうか聞いてる?」

『おいおい、いまさら未練があるだなんて言い出すんじゃないだろうな。一太には鈴海ちゃんがいるだろう』

「そういうのじゃないって。とにかく、知ってるなら教えてくれ」

翔吾は茶化すのをやめ、端的に答えてくれた。

『結婚したよ。三年前に』

「本当か」

よかった、葵は嘘をついていなかった――そう安堵しかけた矢先、翔吾は思いがけない言葉を継いだ。

『でも、もう離婚したって聞いた。一年くらい前だったかな』

返答に詰まる。

三組に一組が離婚するといわれる時代だ。実態を正しく表したものではないとの批判を目にしたこともあるが、年間の結婚件数と離婚件数の対比だとそうなるらしい。

実態がどうであれ、離婚がもはやまったくもってめずらしくないことに異論を唱える人はいないであろう。だが、そうはいっても離婚を恥ととらえる意識は、少なからぬ人のあいだで現代でも根強い。結婚したことは話せても、離婚したことは話せない。葵がそんな心境だったとすれば、理解はできる。

「どうして何も教えてくれなかったんだよ」

動揺から、そんなつもりではなかったのに、非難めいた口調になってしまった。翔吾の声に当惑が浮かぶ。

『どうしてって……元カレにあえて話すことでもないだろ』

「付き合ってたのはもう十年も前だぞ。気を遣うようなことか」

『別に気なんか遣ってないって。訊かれなかったから話さなかった。それだけだ』

百パーセント、翔吾の主張のほうに正当性がある。わかっていながらも、釈然としない思いは残ってしまい、とはいえそれを口に出さない程度の分別はあった。翔吾も僕の態度に憮然としていたのだろう、沈黙は数十秒にも及んだ。

だから、続く翔吾の反論には意表を衝かれた。

『おまえだって、葵から電話がかかってきたこと、おれに教えてくれなかったじゃないか』

「知ってたのか。別に、黙ってるつもりじゃなかったさ」

『同じだろ。訊かれるまで話さなかったんだから』

「話すも何も、ほんの四日前の出来事だぞ」

『四日前？　四日前にも電話がかかってきたのか』

「四日前にも、って？」

『三年くらい前にあったろ。葵から、間違い電話がかかってきたことが』

「何の話だよ」

聞き間違いかと思ったが、翔吾は繰り返した。

『だから、こっちは三年くらい前に葵本人から、一太に間違い電話をかけちゃったって聞いてるんだよ。おまえがそれについて何も言わなかったから、葵の話題には触れられたくないらしいと判断したんだろうが――』

「待ってくれ。葵が、そんなことを言ってたのか」

信じがたい気持ちで、僕は問いただす。

『三年前に、小さめの同窓会が開かれたことがあったんだよ。おれは呼ばれて行っただけだが、主催する側に葵がいたから、一太には声がかからなかったんだろう。葵、自分は新婚だから一太くんも幸せになってほしいと思った、なんて言ってたぞ。いい子だよ』

「でたらめだ。葵から間違い電話がかかってきたのは、四日前の一度きりだよ」

翔吾が絶句しているのが、電話越しにも伝わってきた。

『……本当か？　忘れてるだけじゃないのか』

「そんなことがあったなら、忘れるはずがないよ。翔吾にだって、話さずにいられなかったさ。そっちこそ、思い違いでもしてるんだろう」

『断じてありえない。どういうことだ？　葵がおれを騙したとでも言うのか。そんなことをする意味がどこにある』

うまく回らない頭で、僕は考える。

仮に三年前の出来事だったとしたら、あらゆる疑問は解消される。僕の電話番号は変更される前だったし、葵は離婚していなかった。

しかしもちろん、三年前などではなく四日前の出来事であることを、僕ははっきり認識している。そうなると、これもまた葵のでっち上げということになるが――。

葵の奇行は、三年前から始まっていた？　何のために？　深く考えるより先に、背筋を冷たいものが走った。

「……ごめん、一回電話切っていいかな。わけがわからなくなってきた」

消え入るような声になった僕に、翔吾は思いやりを示す。

『あまり深刻に悩みすぎるなよ。ちょっとした弾みで、人はどうでもいい嘘をつくことだってある』

「確かにね。ありがとう、何かわかったらまたかけ直すよ」

『了解。鈴海ちゃんによろしく』

電話が切れる。念のため、着信履歴を確認してみた。

葵からの電話は、やはり四日前に記録されていた。

4

狐（きつね）につままれたような心地で、店内に戻る。

「どうやった？」

眉間の皺を深くした鈴海の問いかけに、僕は席に着くが早いか事情を説明し始めた。

翔吾との電話の内容を、丁寧に再現していく。僕の考えや翔吾の反応なども、細大漏らさず伝えた。

ひととおり話し終えるころには喉が渇いていた。僕がお冷のグラスに手を伸ばしたところで、鈴海がため息交じりに言う。

「不思議なこともあるもんやなぁ」

「葵の嘘は、三年前に始まっていた。そう考えるしかないんだけど……となると、ますます目的がわからない」

「それ、ほんまに嘘やったんかな」

鈴海のつぶやきの真意を測りかね、僕は訊き返す。

「どういうこと？」

「いや、笑わんといてな。三年前に葵さんがかけた間違い電話が、四日前の一太にかかってきたってことはないんかな、と思って」

これには僕も苦笑しつつ、

「本気で言ってる？」

「あ、やっぱ笑った。もう、こんなアホなこと言うんやなかったわ」

ふてくされる鈴海をなだめると、彼女は不承不承、説明を加えた。

「葵さんが三年前に間違い電話をかけていたとしたら、電話番号の件も、離婚を明かさなかった件も、筋は通るわけやんか。でも、一太は四日前にかかってきたって言ってるし、その根拠もスマートフォンの着信履歴に残ってる。そんならもう、奇跡が起こったことにしてもえぇんちゃうかな。三年前の葵さんの間違い電話が、時空を超えて四日前の一太につながった、っていう――」

そのときだ。

店内に、カランカランと派手な音が響いた。反射的にそちらを振り向くと、カウンターの内側で、ボブカットの背の低い女性店員が、誰にともなく頭を下げた。

「失礼しました」

どうやら、金属製のトレイを床に落としてしまったらしい。

「大丈夫ですか、ミホシさん」

男性店員が、女性店員に近づいて声をかける。

「すみません。手が滑ってしまって」

「めずらしいですね。何か、気がかりなことでもありましたか」

「いえ――」

女性店員が思わずといった感じで、こちらの席に目を走らせたのを、男性店員は見逃さなかった。

「あちらのお客様が、何か？」

「何でもありません」

「不思議なお話をされているご様子でしたもんね。もしかして、真相がわかっちゃったとか」

「ちょっと！　店員がお客様のお話の盗み聞きを認めてどうするんですか」

「あれ。ミホシさんだって『聞こえちゃいました』とか言ってたこと、これまでにもちょいちょいありませんでしたっけ」

「うっ……まぁ、否定はできませんけど……」

本人たちは内緒話をしているつもりかもしれないが、席が近いせいで筒抜けなのである。

「あの、すみません」

僕が呼ぶと、男性店員がこちらのテーブルに近づいてきた。

「ご注文をどうぞ」

「や、そうではなくて。さっき、真相がわかっちゃったとか何とかおっしゃってましたが、あれはいったいどういう意味ですか」

「あー……あれはですね」

男性店員が人差し指で頬をかく。女性店員が、目を三角にして男性をにらみつけていた。

「あちらにおわします、その名を《うつくしいほし》と書いて美星バリスタ、実は大変優れた頭脳の持ち主でして、謎めいた出来事の真相を解き明かすのが大の得意なのです。これまでにも、お困りのお客様を幾度となく救ってきた実績がございまして」

「こら！　勝手に風呂敷を広げない！」

美星は両のこぶしを頭上へ突き上げて怒りを表明する。言葉遣いからして夫婦ではなさそうだが、掛け合いはさながら夫婦漫才のようだ。

「謙遜することはありませんよ、事実なんだから。……であるからですね、もしお客様がそういった出来事に遭遇しておられるようでしたら、うちの美星バリスタがお力になれるのでは、と思ったしだいでして」

「はぁ。あの方が、ですか」

すっかり肩を縮めて恐縮しきっている美星を見ていたら、相談してもいいような気になってきた。普通ならいかにも怪しい話だと疑ってかかるところだが、美星はそこまで賢いかどうかはさておき、少なくとも悪人には見えない。

「では、彼女にご意見をおうかがいしても？」

「ちょっと、一太。迷惑やって」鈴海がたしなめる。

「構いませんよ。その間は僕がしゃきしゃき働きますから。では、少々お待ちを」

男性店員がカウンターに戻っていくのを横目に見つつ、鈴海は僕を非難する。

「赤の他人にぺらぺらしゃべるようなこと？」

「いいじゃないか。葵の目的が判明して、どう対処すべきかもわかって、すっきりした気分で結婚できるなら、鈴海だってそれに越したことはないだろう」

「それはそうやけど……」

言い合っている間に、美星がテーブルのそばまでやってきた。

「私でお役に立てるとは思えないのですが。彼は、調子がいいんです」

「だめで元々ですよ。何もわからなかったとしても、それでこちらが損するわけではありませんしね。ところで、先ほどトレイを落としたのは、僕たちの会話と何か関係が？」

「えっと、それはですね……」ためらったあとで、美星は白状した。「時空を超えて、と聞こえたのに驚いてしまいまして」

「それって私の発言ですよね」鈴海が自分の顔を指差す。

「以前にもお客様が、時空を超えたお土産のお話をされていたことがあったのです。それが印象に残っていたので、またなのかな、と。偶然にも、そのお客様もこちらの席に座っておられました」

だからつい、手が滑ってしまったのだという。

「そのお土産は実際に、時空を超えていたんですか」

「もしかすると、と思うようなことはありました。そういう奇跡を信じたくなるほど、悲劇的なご夫婦のお話でした」

美星の表情が翳ったのを歯牙にもかけず、鈴海は鬼の首を取ったようになる。

「ほら。奇跡って、起きるときには起きるんよ」

その横顔に注がれた美星の眼差しは、本人が何をも語ってはいなかったのに、僕にはとても雄弁なように感じられた。

「美星さん、でいいんですよね。僕たちの話、どの程度、聞こえてましたか。盗み聞きをとがめ立てはしませんから、どうぞ正直に」

「そうですね。おおむね、聞こえておりました。なにぶん店内が静かなもので」

「それは手間が省けて都合がいい。あらためてお訊ねしますが、葵の不可解な言動の目的について、何か見解はありますか」

するともう一度、美星は鈴海をじっと見つめた。今度は鈴海も、視線に気づいてうろたえた。

「何ですか」

「いえ、何も。……ごめんなさい。私には、よくわかりませんでした」

彼女の浮かべた笑みが、どこか白々しい。

「本当に？」

「はい。残念ですが、そういうときもあります」

「答えが出えへんのは、つまりそういうことやろ。やっぱりこれは奇跡なんやって」

鈴海はいよいよ勢いづくが、どうも強引に押し切りたいだけのように見える。

「葵が嘘をついていないとしたら、鈴海の言うように、奇跡を信じるほかなくなります。僕は、自分の身にそんな奇跡が起きたとは思えない」

「多くの方はそうおっしゃるでしょう。しかしながら、真に必要としている方のもとには、奇跡が訪れるのかもしれないと私は考えております」

美星はややロマンチシストなようだ。

「私たちだって、結婚のために奇跡を必要としてるやんか」

残念ながら、鈴海の言葉には賛同できない。

「美星さんはどうですか。これは、僕が結婚に向けて足を踏み出すために、神様が起こしてくれた奇跡だと思われますか」

美星は束の間、迷いを生じたようだった。けれども次の瞬間、彼女はきっぱりと首を横に振っていた。

「全然違うと思います」

口を開きかけた鈴海を制して、美星はこんな質問をした。

「お客様は、ブルボンポワントゥをご存じですか」

「聞いたことないな」と僕。

「インド洋に浮かぶフランス海外県の世界遺産、レユニオン島で採れるコーヒー豆の名前です。十八世紀には名だたる貴族が愛飲したといわれるほど人気の高いコーヒー豆でしたが、十九世紀初頭に自然災害などの影響を受け栽培が減少、やがて生産されなくなってしまいました。そんなブルボンポワントゥを現代に蘇らせたのが、日本のＵＣＣなのです」

ＵＣＣはレユニオン島にてブルボンポワントゥのマザーツリーを発見し、栽培に成功。ブルボンポワントゥは高級コーヒー豆として現在も販売されている、と美星は説明する。

「以上のような経緯から、ブルボンポワントゥはしばしば《奇跡》という言葉を用いて紹介されます。一度は絶滅したかに思われたコーヒー豆が、たくさんの人の尽力によって復活したのですから、奇跡と呼んでも大げさではないでしょう」

「えぇ、同感です」

「そして私が先ほどお話しした、この店で見聞きした《奇跡》も、亡くなった方が生き返った……わけではありませんでしたが、それに準ずるような出来事ではありました。それほどまでに切実な思いを抱えた人にになら、奇跡は手を差し伸べてくれることもある。私はそのように感じるのです」

「何やの、それ。私たちの結婚は切実やないってこと?」

鈴海が食ってかかるのを、美星はいなした。

「そうではありません。お二人が結婚されるのに、奇跡は必要ない——むしろ、奇跡なんかに頼らないほうがうまくいくのではないかというのが、私の意見です」

　虚を衝かれたのか、鈴海が固まる。

「先ほどは、よくわからなかったとおっしゃいましたが。僕にはどうも、あなたが何もかもお見通しであるように思えてならない」

　僕が指摘すると、美星は慌てて、

「いいえ。私の口から申せることは何も——」

「もう、えぇですよ」

　そんな一言で、鈴海が美星をさえぎった。

「……鈴海？」

　彼女はこちらを見ると、ふっと息を吐いた。僕の目にはそれが、あきらめのように映った。

「全部、わかってはるんでしょう。なら、この人に教えてあげてください。彼の身に、何が起きたのかを」

「いいんですか。あなたの口からお話しされるべきでは」

　美星がうながすのを、鈴海は一笑に付した。

「よう言いません。人から話してもらったほうが、まだしも楽です。それに」

その一瞬の沈黙に、強い思いが込められているように感じた。

あなたのせいで、もはや偽りの奇跡は崩れ去りました。そんなら私たちに奇跡が必要やないってことを、あなたが証明してみせてください」

美星は怯まなかった。請け負った、とでも言うように、こくんとうなずいた。

「では、一太さん」

美星が僕に向き直る。そして、僕にとってだけ衝撃の事実を告げた。

「葵さんは、ストーカーなどではありません——一連の出来事は、すべて鈴海さんが仕組んだことだったのだと思います」

5

僕はあぜんとするしかなかった。

「鈴海さんの心境を想像すれば、不可解なことは何もありません」

まるで台本が用意されていたかのように、美星は淀みなく語り続ける。

「鈴海さんは一太さんとのご結婚を望み、そのために障害を取り除く必要があると考えておられました。そこで、お知り合いのカウンセラーさんに協力してもらいます」

「財前先生もグルだったってことですか」

「おそらくは。もっとも、資格証書があったそうですから、カウンセラーとしての実務経験があることは事実なのでしょう。その技術がないと、一太さんから話を聞き出すのも一筋縄ではいかなかったでしょうし」

過去にカウンセリングを受けたことはなかったものの、僕の目から見る限り、財前先生のカウンセリングは至って自然だった。

「美加子は高校の同級生。昔は仲よかったけど、最近はだいぶ疎遠になってて、一太には話したことなかったから、すぐにはバレへんと思った」

鈴海の補足に、僕は疑問をぶつける。

「でも、僕と鈴海がこのまま一緒にいたら、いつかはバレることだよね」

「結婚してからなら、別にバレてもええかなって。そのくらいで離婚とかならへんやろし」

鈴海はまさにいまこの瞬間、僕との結婚を成立させることに主眼を置いていたようだ。

「鈴海さんは財前先生に協力を仰ぎ、一太さんが結婚に二の足を踏む原因を探ろうとしたのです。患者さんの情報を第三者に漏らすのは職業倫理上問題があったため、財前先生は勤務先などではなく、どこか別の場所を即席のカウンセリングルームに仕立て上げたのでしょう」

「あれは、美加子の自宅です」と鈴海。

　僕が普通のマンションだと感じたのも当然だったのだ。民間のカウンセリングというものが存在していることは、財前先生のもとにかよう前の段階で調査済みだったので、こういう施設もあるのだろう、と解釈してしまったが。

「とはいえ、勝手にカウンセリングをおこなってお金を取るのも、じゅうぶん職業倫理に反している気もしますが」

「カウンセリングは規制が特にないから、開業届さえ出せばやってもええんやって。レンタルスペースやオンラインでやってる人も多いらしいよ」鈴海が割って入る。

「へぇ。じゃあ、財前先生も？」

「いや、あの子は普段は病院勤務やし、開業届は出してへん。一太から聞き出した情報を私に流してる時点で、どっちみちカウンセリングを標榜したらあかんやろうし。一太から受け取ったお金は、私からの謝礼ってことにしてもらってる。一太には、こっそり返すつもりやったよ」

「カウンセリングは本物だったわけだし、お金のことは気にしないでいいけど」

「あとな、美加子、守秘義務のことも気にしててん。けど一太、葵さんの話を私に伝えてもええ言うたんやろ？　そういう場合は、そのとおりにしても問題ないねんて」

　確かに僕は財前先生に、葵の件について鈴海に話す許しを与えた。ほとんど言わされたようなものだったが、もともと隠すつもりではなかったので構わない。むしろ友人の頼みでも可能な限り職業倫理を守ろうとする財前先生のスタンスには、あらためて好感が持てた。

美星が話を進める。

「一太さんが結婚をためらう原因が十年前の恋愛にあるらしい、という報告を財前先生より受けた鈴海さんは、続いてその当時の一太さんの交際相手を探します。これは、小学校の同学年という情報がすでに得られていましたから、難しくはなかったでしょう」

翔吾に問い合わせれば一発でわかったことだ。以前グループチャットを作った経緯があり、鈴海は翔吾の連絡先を知っていたのだから。

「そうして葵さんの連絡先を突き止めた鈴海さんは、葵さんに直接連絡を取り、お願いしたのです——間違い電話を装って、一太さんと話をしてあげてほしい、と」

葵が嘘をついていたことは、電話番号の件から明らかだった。が、それが鈴海の指示だったなんて、僕は想像もしていなかった。

「じゃあ、葵に僕のいまの電話番号を教えたのは」

「私。葵さん、一太の連絡先消してもうてんて。せやから私から聞いた電話番号が、昔と違うことに気づけへんかった」

勝手に教えてごめん。鈴海はそう詫びる。

僕が電話番号を替えたのは二年前、そして鈴海と付き合い始めたのは一年半前。当然、葵は新しい電話番号を知ることになったわけだ。

「それらを踏まえると、葵さんが離婚の事実を隠した理由も明白です」

美星の言葉に、僕は首をかしげる。「なぜ？」

「鈴海さんは一太さんが十年前から抱え続けている重荷を、当事者である葵さんに取り除いてあげてほしかった。そのためには現在、葵さんが幸せな日々を過ごしているように見えるほうが、効果が高いと考えたのでしょう。もちろん、結婚しているから幸せだとか、離婚していないから幸せだなんてのは幻想に過ぎませんが、間違い電話ではそれほど深い話をしないほうが自然でしょうから、葵さんが幸せだと端的に伝えるには結婚の話をするのがわかりやすかったのです」

葵が自身の結婚について幸せそうに話してくれれば、僕も結婚っていいものだなと思える。そういう打算も、鈴海にはあったはずだ。

「でも、そんなのはいつか露見する嘘ですよね。それこそ今日、翔吾に訊いて判明したように」

「私たちの結婚が成立するまでのあいだだけ、バレへんかったらええぇと思てたんよ。美加子の件と一緒や」

鈴海が釈明する。

電話番号の件さえなければ、僕は葵の一連の発言を疑いもしなかっただろう。昔の彼女は、いかにも間違い電話をかけるというミスをしそうな人だったから。小学校の同学年でいまでも関わりがあるのは翔吾くらいだし、彼が僕にこれまで葵の話題を振ってこなかったのは、先の電話でも確認できたとおりだ。したがって、本来なら僕が葵の嘘を見破る機会は訪れようがなかった。

「ところが、電話番号が替わっているという決定的なほころびを、一太さんは見つけてしまう。当然、鈴海さんは焦りました。葵さんの電話は自分が企んだことだったと看破されれば、一太さんを救うという目論見は失敗に終わるかもしれない。何とかして、一太さんを納得させなければなりません。そこで、一太さんがご友人の翔吾さんに電話をかけると言って店をお出になった際、急いで翔吾さんに連絡したのです」

店を出るとき、鈴海がスマートフォンをいじっていたのを憶えている。美星はその姿を見て、翔吾にメッセージを打っていると勘づいたのだ。

先手を打って鈴海が翔吾に電話をかければ、翔吾が通話中と知ってすぐ店内に戻ってきた僕に、電話をかけている姿を目撃されてしまう。よって鈴海はメッセージを送るという方法しか選べなかった。

あのとき翔吾はスピーカー通話だったから、通話中でも新しく届いたメッセージに目を通すことは可能だっただろう。とはいえ、それは単に鈴海がラッキーだったに過ぎない。

「しかしながら、どんなに急いでも、事情が事情です。説明して協力を仰ぐには、それなりに長文を打つ必要があったでしょう。その点、翔吾さんが即座に一太さんの電話に出てしまったのは、鈴海さんにとっては不運でした。電話に出なければ、折り返すより先にメッセージを目にしていたかもしれなかったのに」

「だから、翔吾は僕に、葵が離婚したと教えてくれたわけですね」

「はい。鈴海さんからのメッセージが届いたのは、それを話してしまったあとだったのでしょうね。翔吾さんはたいそう慌てたはずです。このままでは葵さんの嘘が露呈し、事態がさらにこじれるおそれがある」

翔吾との通話中、長い沈黙が流れた瞬間があった。あれは、僕の態度に呆れていたからではなく、必死で対処を考えていたからだったのか。

「そこで、翔吾さんが打った苦しまぎれの一手が、間違い電話そのものを三年前の出来事にしてしまう、というものでした」

それならば電話番号の件も、葵が離婚について言わなかった件もクリアできる――もっとも、僕がかように非現実的な証言を真に受ければ、の話だが。

「ところで、私は翔吾さんの機転だったと判断したのですが、それも鈴海さんの指示でしたか？」

美星の質問に、鈴海はかぶりを振った。

「いくら何でも、彼氏の友達にそんなめちゃくちゃな嘘をついてほしい、なんてよう言いません。私は事情を説明するだけで手一杯でした」

「では、鈴海さんは翔吾さんのでっち上げを一太さんから聞いて、とっさに便乗したのですね」

「そうです。頭ん中では、翔吾くんそれはないわ、と思うてましたよ」

《奇跡》で押し切ろうとしたことをいまさら恥じるように、鈴海は苦笑する。

「電話が時空を超えたなどという仮説を、一太さんが本気で信じてくれるとまでは、鈴海さんもお思いにならなかったでしょう。けれど、この場で一太さんを煙に巻くくらいのことはできるかもしれない。もう少し時間をかけて考えれば、もっとましな言い訳を思いつく可能性もありましたしね。余談ですが、電話の切り際の翔吾さんの一言、『鈴海ちゃんによろしく』――あれは余計でしたね。いま一太さんが鈴海さんと一緒にいることを知っているのだな、というのが丸わかりでした」

そして美星は、ステージを終えたマジシャンのように、深々と一礼してみせた。

「以上が、一太さんの身に起きたことのすべてだったのではないでしょうか」

あらためて、僕は鈴海に視線を移す。

彼女の浮かべた笑みには、敗北の二文字が刻まれていた。

「もう、あとには引けへんかったんよ。いろんな人を巻き込んでもうたから。美加子も、翔吾くんも……そして、葵さんも」

僕との結婚にそこまで懸命になってくれたことを、僕はとてもうれしく思う。だが――。

「葵は、嫌なことを嫌と言えない人だった」

引っかかっていることを、僕は黙っていられなかった。

「見ず知らずの鈴海にそんな突拍子もないことを頼まれても、断れなかったんだろう。彼女はそういう人なんだ。幸せだと言ったのも、うまくいくといいねと言ってくれたのも、すべて鈴海に言わされていただけだった。本当は、彼女は離婚して、悩んだり傷ついたりもしたはずなのに、それを押し隠して……」

「お言葉ですが」

口をはさんだ美星の目元には、力がこもっていた。

「先ほども申し上げたとおり、結婚していれば幸せで離婚したら不幸せ、というのはただの幻想です。自分以外の誰かが現在、幸せではないと決めつけ、あまつさえ昔と変わらないなんて思い込むのは、その方の人生を軽んじることであるように、私には思えます」

正論だ。それはわかっている。だけど、この人は知らない。あのころ僕たちが、彼女の人生をよりよくするために、どれほど必死で向き合い、心身をすり減らし、その果てに別れを選んだのかを。葵が幸せになってくれることを、僕がどれほど強く願ってきたのかを。

なのに、僕はこの期に及んで自分のために、葵を利用するというのか。あの日、自分が楽になりたくて、葵のもとを去ったというのに――。

「恨んでないって」

突然、鈴海が発した一言の意味が、脳に浸透するのに時間がかかった。

「……何だって？」

「葵さん、一太のこと恨んでないって。むしろ一太が十年も前のことをいまでも引きずってるって聞いて、申し訳なく感じてるみたいやった」

信じてもらうしかないけど、と葵は続ける。

「私だって、無理やり付き合わせたんちゃうよ。こんなことお願いすんの、めちゃくちゃ失礼やってわかってたし。でも葵さん、別れた当時は悲しかったし少しは恨みもしたけど、いまでは自分もいろいろ経験して、それなりに満たされた日々を送ってるって言うてはった」

葵はこのようにも言ったそうだ。

——十年ものあいだ、同じ場所に居続けることはできませんから。

「疑うんやったら、いますぐ電話して本人に訊いてみてもええよ。私の言ってることが本当かどうか。口裏合わせるのは、どう考えても不可能やろ」

鈴海の言うとおりだ。彼女はおそらく、もう嘘をついていない——葵が、実際に言ったのだ。

「それとな。最初は私、一回会ってくれへんかって訊いたんよ。一太がすっきりすると思ったし、京都旅行中にばったり会うとかのほうが、わかりやすくてええやんか。そしたら葵さん、さすがにそれは嫌やって」

——葵が、嫌だと言った？

「彼女は……もう、僕に会いたくなかったのかな」

すると、鈴海はくすりと笑って、教えてくれた。

「十年前よりだいぶ太っちゃって、恥ずかしいから会いたくない。そう、笑ってはったよ」

僕は、目をぎゅっとつぶった。

思い浮かぶのは、いつもつらそうにしていた葵の表情だけ。僕は知らなかった。彼女が心から幸せそうにしているさまを。だから、想像できなかったのだ。僕のいない世界で、幸せに生きる彼女の姿を。

十年も同じ場所に居続けることはできない、と葵は言った。僕が置き去りにしたあの公園のベンチから、彼女は足を踏み出していた。苦しかったあの恋愛に十年間もとらわれていたのは、別れを告げられた彼女ではなく、告げた僕のほうだった――。

「ご自身の影響で一太さんが幸せになれないことに胸を痛め、善意で協力した葵さんのお気持ちを、一太さんは誰よりも理解しているはずです」

美星の言葉に、僕はうなずく。

「もうおわかりでしょう。財前先生、翔吾さん、葵さん、そして鈴海さん。みんな、あなたの幸せを願って嘘をついたのですよ。あなたはもう過去に縛られず、ご自身の意志で歩むべき道を選んでいいんです」

だから、奇跡なんて要らないはず。美星はそう、締めくくった。

涙の雫が、頬を伝ってテーブルの上に落ちる。

僕はもう、許されてもいいんだろうか。

十年間、ずっと抱えてきた重荷を、下ろしてしまってもいいんだろうか――。

「鈴海」

かすむ視界で、それでも僕は愛する人の双眸（そうぼう）を、正面から見つめて告げた。

「こんな情けない僕だけど、結婚してくれますか」

「よろしくお願いします」

鈴海が笑う。その眦もまた、きらりと光っている。

「おめでとうございます」

美星がふわりと微笑み、小さく拍手をした。カウンターの奥の男性店員も合わせて手を叩き、祝福してくれる。

感極まって何も言えずにいる僕たちに、美星が再び語り出す。

「ブルボンポワントゥの復活は奇跡と称されていますが、そこには奇跡と呼べるような偶然や超常現象があったわけではありません。ＵＣＣをはじめ、フランス政府や島の住民たちなど、たくさんの人の協力と地道な努力によって現代に蘇ったのです」

それはつまり奇跡というより、人々の思いがつないだ生命だった。

「一太さんも、十年前に一度はご自身の大事な部分を死なせてしまったのかもしれません。けれどもあなたが誠実に生きてきた年月が、まわりの人の心を動かして、一太さんを再び蘇らせたのだと思います」

僕が生きてきた時間が。

めぐりめぐって、いまの僕を支えてくれる。

「どうか、皆さんの思いを大切にされてくださいね。末永く、お幸せに」

「ありがとうございます」

僕は頭を下げる。顔を上げると、鈴海がそこにいる。

――幸せになりたいんだ。きみと、一緒に。

軽くなった体で、僕は歩み始める。鈴海が、新婚旅行はハワイがいいな、と気の早いことを言って笑った。

【初出】
「歌声は響かない」　『珈琲店タレーランの事件簿6　コーヒーカップいっぱいの愛』
刊行記念サイト（宝島社）二〇一九年
「フレンチプレスといくつかの嘘」　『3分で読める！　コーヒーブレイクに読む喫茶店の物語』
（宝島社）二〇二〇年

ほか書き下ろし

この物語はフィクションです。
作中に同一の名称があった場合でも、実在する人物・団体等とは一切関係ありません。

あとがき

こんにちは。作者の岡崎琢磨です。

このたび無事に、シリーズ最新巻『珈琲店タレーランの事件簿7　悲しみの底に角砂糖を沈めて』を上梓（じょうし）することができました。およそ二年四ヶ月ぶりの続編ということで、6巻の電子版限定のあとがきに記した「三年もお待たせしたくない」という公約は一応、守ることができたと思っています。

……それでも遅いですか？　すみません。いろいろあったんですよ。短編集なのに各編を発表する機会がなくスケジュールが切りづらかったり、版元の都合で刊行を数ヶ月遅らせることになったり、僕が『デッドバイデイライト』と『第五人格』にハマりすぎて全然仕事してなかったり……全部ひっくるめて、悪いのはこの歪（ゆが）んだ現代社会ということにしておいてください。

冗談はさておき、本作は4巻以来の短編集、しかもあちらがサプライズ重視だったのに比べると、ストレートなミステリ短編集になっているかと思いますが、実は四本の短編はすべて、僕が見聞きした実際の出来事を始点に据えるというコンセプトのもと書かれています。そのようなチャレンジをすることになった経緯について、ここで説明させてください。

ことの始まりは二〇二〇年の一月二十六日までさかのぼります。『珈琲店タレーランの事件簿6　コーヒーカップいっぱいの愛』の刊行から間もなかったこの日、僕の姿はよみうり大手町ホールにありました。そこでは当日、「第6回全国高等学校ビブリオバトル決勝大会」が催されており、福岡県大会を勝ち上がった福岡県立筑前高等学校の黒谷咲さんが、『珈琲店タレーランの事件簿　また会えたなら、あなたの淹れた珈琲を』をプレゼンしてくださることになっていたのです。当時、たまたま筑前高校の教頭を務めておられたのが僕の高校時代の恩師だったというご縁もあり、僕は会場で決勝大会を観覧させてもらえる運びになりました。

黒谷さんのプレゼンは想像をはるかに超えて大変すばらしかったのですが（僕は客席で「そのめちゃくちゃおもしろそうな本を自分もぜひ読んでみたいなぁ」などと思いつつ拝聴しておりました）、ほかの出場者の皆さんもいずれ劣らぬ強者ぞろいで、残念ながら黒谷さんと『タレーラン』の最終決戦への進出は叶いませんでした。その結果、僕は最終決戦前に開催された辻村深月先生のトークセッションに急遽、同じ『このミステリーがすごい！』大賞出身の降田天さんとともに登壇させていただいたのです。

トークセッションは司会のカモシダせぶんさんの熱意と辻村先生の温かなお人柄の

おかげで終始和やかに進み、終了後、僕ら作家陣は客席の最前列のど真ん中で最終決戦を見守ることとなりました――その、発表順を決めるくじ引きの場面で、３と４のくじが二枚ずつ出てくるというハプニングが発生したのでした。

デビュー以来、日常の謎といわれるジャンルに分類される作品を数多く書いてきた僕ですが、言うまでもなく現実には、小説の題材にできるほど不思議な現象にはなかなか出会えないものです。そうした中で、くじ引きの件は大変興味深く、僕はどうしてこのようなことが起きたのだろう、と首をかしげておりました。

そのときです。僕の隣に座っておられた辻村深月先生が、次のようにおっしゃったのは。

「岡崎さんの出番ですね」

偉大なる先輩作家であり憧れの先生が、僕が日常の謎の書き手であることを知ってくださっていて、そのうえでかようなことをおっしゃったのですから、どうして僕が笑って聞き流すことなどできましょうか。

「いま何か、さらりとすごいことを言われたぞ」と感じた僕は、動揺のあまりそのとき何とお返事をしたのかまったく憶えていないのですが、あくる日にはツイッターで「第６回全国高等学校ビブリオバトル決勝大会の最終決戦で起きた出来事は、僕が責任を持って短編に仕上げます」と公約しました。

そうして書き上げた短編が、『ビブリオバトルの波乱』です。

これにより7巻は短編集を作る流れが自然に生まれ、「どうせなら全編、実際の出来事を題材にするのはどうか」ということで担当さんと意見がまとまり、最終的に四本の短編を書き下ろしました。なお、あくまで端緒に実際の出来事を用いたに過ぎず、短編の内容は大部分が僕の創作です。また、幕間の掌編はすべて完全なる創作です。

余談になりますが、本作中の二編において登場人物の名前を似せたのは意図的です。悲劇があまりにつらく、せめて別の世界では幸せな二人でいてほしいとの思いから、そうしました。北村薫（きたむらかおる）先生が『秋の花』と『スキップ』の登場人物に同一の名前を授けた手法を参考にしています。

『拒絶しないで』という掌編についても、作者が作品外でぐちゃぐちゃ言い訳するのは褒められたことではないと知りつつ、少しだけ追記させてください。

近年、僕はジェンダーの話題に関心を寄せているつもりではありますが、同時にそれを小説という娯楽の題材にすることには程度によってためらいがあり、特にミステリ的サプライズに用いるのは、少なくとも僕の作中においては禁忌だという認識でおりました。

本作の執筆に際しても、啓蒙的な視点から書かれたわけでは断じてなく、ありていに言えば、限られた締切の中で浮かんだもっともいいアイデアがこれだった……というのが真相です。

この作品がみずからに課した禁忌を破っているのではないか、という問題については僕自身、葛藤がありましたが、サプライズそのものは性的指向の如何(いかん)を問わず成立しうること、そして設定が作品のテーマと不可分であり、かつ現代においてこのテーマを扱う意義があると考えたこと、以上の二点を理由に、最終的には許容できると判断しました。

とはいえ、読まれた方が不快な思いをされるようであれば、すべて僕の配慮が至らなかったことが原因です。これからも、日々勉強を続けていく所存です。

『ハネムーンの悲劇』の執筆にあたっては、TOCANA編集長の角由紀子(すみゆきこ)氏にお聞きしたお話の数々が、作品を劇的に発展させてくれました。心より御礼申し上げます。

また、短編の出発点となる体験をもたらしてくれた友人たち、本当にありがとう。

あなたたちのおかげで、新たな物語と出会うことができました。

なお、文責はすべて著者にあります。

最後になりましたが、僕は今年、二〇二二年で作家生活十周年を迎えます。

それは同時に、タレーランシリーズも十周年ということです。

1巻の発売が二〇一二年の八月でしたから、今年の八月には十周年記念作品となる8巻を刊行したいと考えています。7巻が、シリーズ読者のためというよりは作者の好きに書かせてもらった一冊になってしまったので、8巻は全身全霊を尽くして、読者の皆様に喜んでいただけるような作品を書きたいです。

この本の刊行から八月までは、すでに半年を切っていますね。本稿を執筆している時点では、8巻のストーリーはまだその糸口さえつかめておらず、完成に至るまでの道のりは天竺(てんじく)までのそれほども長く感じられます。

果たして僕は三蔵法師(さんぞうほうし)もとい担当編集者さんに頭の輪を締め付けられながら、その道のりを歩ききれるのでしょうか。皆さんにこの7巻を楽しんでいただけたなら、その事実が何よりの活力となります。

それでは皆様、よい日々を。

岡崎琢磨

宝島社
文庫

珈琲店タレーランの事件簿7
悲しみの底に角砂糖を沈めて
（こーひーてんたれーらんのじけんぼ7　かなしみのそこにかくざとうをしずめて）

2022年3月18日　第1刷発行

著　者　岡崎琢磨
発行人　蓮見清一
発行所　株式会社 宝島社
〒102-8388　東京都千代田区一番町25番地
電話:営業 03(3234)4621／編集 03(3239)0599
https://tkj.jp
印刷・製本　中央精版印刷株式会社

ISBN 978-4-299-02699-6